PRÉCIS

Pour

M. J. J. ROUSSEAU,

en Réponse

A l'Exposé succinct

DE M. HUME :

Suivi d'une Lettre

*DE MADAME D*****

A L'AUTEUR

de La Justification

de M. Rousseau.

M.DCC.LXVII.

OBSERVATIONS

Sur l'exposé succint de la contestation qui s'est elevée entre M. Hume & M. Rousseau.

Paris, ce 14 Octobre 1766.

NOus voilà enfin à portée de nous instruire des démêlés survenus entre M. Rousseau & M.

Au moment que j'acheve ces Observations, paroit une brochure * qui fait honneur au cœur de la personne qui l'a écrite : elle se trompe en supposant les amis de M. Rousseau abbattus ; j'ai vû ceux que je connois tranquilles sans abbattement, certains de la probité, de la bonne foi de leur ami, ils imitent son silence : la raison qui m'a déterminé à le rompre, c'est que les honnêtes gens ne sçauroient être étrangers entr'eux, & qu'on ne peut accuser un inconnu de partialité.

* Justification de J. J. Rousseau dans la contestation qui lui est survenue avec M. Hume, à Londres 1766.

A

Hume. La Brochure qu'on vient de publier au nom du fçavant Anglois, fous le titre d'*Expofé fuccint*, peut être confiderée comme le Mémoire inftructif de fon procès, dont il défère le jugement au Public. M. Rouffeau feul pourroit répondre à quelques notes où il eft queftion de dates, à quelques récriminations vagues : peut-être les dédaignera-t-il, les jugeant trop foibles pour opérer la juftification de M. Hume, & les eftimant, par cela même, propres à établir la fienne. En attendant le parti qu'il prendra, je vais faire quelques obfervations fur cet écrit. Quoique je n'aye l'honneur de connoître ni M. Rouffeau ni M. Hume, je ne fçaurois avoir pour leurs démêlés l'infipide indifférence que Meffieurs les Editeurs voudroient nous infpirer. Le confeil qu'ils don-

nent de ne pas lire cette Brochure ;
ne me paroît pas un moyen bien ef-
ficace pour juſtifier leur ami ; ce
conſeil eſt d'ailleurs aſſez peu con-
ſéquent avec ce qu'ils diſent quelques lignes après.

Pag. 13.
de l'Aver-
tiſſement.

» Tous les faits ſont actuellement
» ſous les yeux du Public. M. Hume
» abandonne ſa cauſe au jugement
» des eſprits droits , & des cœurs
» honnêtes. «

Pag. 14.

Pour que les eſprits droits , & les
cœurs honnêtes puiſſent juger le procès de M. Hume , il faut de néceſſité
qu'ils le liſent , puiſqu'on le plaide
aujourd'hui par écrit. Ce qu'on vient
de lire , prouve ſeulement qu'on doit
ſe méfier un peu des déciſions de
Meſſieurs les Editeurs.

Le procès étonnant qu'ils produi-
ſent , ſe réduit à ce fait. MM. Rouſſeau & Hume ſont deux hommes

A ij

célèbres ; l'un d'eux a manœuvré pour perdre un contemporain trop fameux ; ils s'en accusent réciproquement. C'est au Public à peser quel est celui qui auroit pu former avec succès un projet aussi détestable ; c'est au Public à examiner s'il y a, d'une part, de la vraisemblance, qu'ignorant la langue du pays où l'on le mene, ne pouvant conséquemment ni parler, ni entendre, seul, sans appui, sans connoissance, malade, allant chercher du repos à la campagne, un étranger ait pu, du fond de sa retraite, machiner, ourdir des trames contre son conducteur : d'autre part, le Public verra ce Patron au milieu de son pays, en grand crédit à la Cour, à la ville, répandu dans le plus grand monde, à la tête des gens de lettres, en grande relation chez l'étranger, sur-tout avec les plus *mortels ennemis de son recommandé.*

Quoique ces points de vue n'offrent pas des déparités, le Public auroit certainement tort d'inculper ce Patron : il verra avec surprise que sous le nom de M. Hume, la livide, la maigre & pâle envie, qui imprime ce caractere extérieur sur les vils sectateurs qui l'encensent, & qu'elle corrode lentement ; l'envie seule a armé contre M. Rousseau les mains seches & brulantes de la calomnie, qui distilent le poison & le fiel.

Il faut rejoindre Messieurs les Editeurs. Je vais parcourir l'espece d'Avertissement qu'ils ont mis à la tête d'un ouvrage qui n'auroit jamais dû voir le jour ; j'observerai en passant, que dans la collection des piéces d'un procès qu'on donne au Public, le nom modeste d'Editeur équivaut dans toute la force du terme, *Pag. 12.*

A iij

à celui de Rapporteur ; perfonne n'ignore que fes fonctions font de narrer nuement les faits , fans apologie , ainfi que fans aigreur pour aucune des parties , & de figner fon nom au bas des piéces. Meffieurs les Editeurs de cette Brochure ont-ils rempli quelques-uns de ces devoirs ? L'*incognito* qu'ils ont gardé eft-il décent pour eux-mêmes (*a*) , eft-il honorable pour M. Hume ?

Après avoir exalté fes talens littéraires juftement applaudis du Public , Meffieurs les Editeurs content des chofes fingulieres de fa modé-

––––––––––––––––––––––––––––––

(*a*) Je ne crois pas qu'on s'avife de me faire l'application de ces queftions , 1°. par ce qu'en m'adreffant aux Editeurs, je parle à des inconnus , & qu'il eft naturel que je le fois pour eux. 2°. parce que ce que j'ai dit eft vrai ; je ne connois M. Rouffeau que par fes ouvrages.

ration. Je voudrois de tout mon cœur pouvoir les croire fur parole , mais qui ne fçait avec un peu d'expérience, que cette qualité, qui n'exclut pas la fenfibilité , en tempere néanmoins les effets , & garantit des démarches toujours inconfiderées , des premiers mouvements , auxquels M. Hume s'eft livré , au dire même de fes amis. Voyez comme ils en parlent.

» Dans le tems que M. Hume tra- Pag. 7.
» vailloit à rendre à M. Rouffeau le
» fervice le plus effentiel , il reçut
» de lui la lettre la plus outrageante;
» plus le coup étoit inattendu , plus
» il devoit être fenfible. M. Hume
» écrivit à quelques-uns de fes amis
» *avec toute l'indignation* que lui inf-
» piroit un fi étrange procedé ; il
» *fe crut difpenfé d'avoir aucun mé-*
» *nagement* pour un homme qui ,

» après avoir reçu de lui les marques
» d'amitié les plus conſtantes, & les
» moins équivoques, l'appelloit ſans
» motifs, faux, traître & le plus mé-
» chant des hommes.

Voilà M. Hume qui écrit *avec indignation, qui ne ſçait plus garder
de ménagemens ;* que faiſoit-il alors
de cette modération tant vantée ?
Revenu à lui, ce philoſophe ſe rap-
pellera quelque jour, que lors même
que l'on ſe croit le plus autoriſé à
n'avoir aucun ménagement pour
quelqu'un, il ne faut pas oublier que
l'on s'en doit encore à ſoi-même.
Plus je réfléchis à la gravité, à la
violence des accuſations de M. Rouſſeau, & moins je reviens de l'étonnement où me jette l'indignation *cir-
culante* de M. Hume. Je puis aſſu-
rer qu'avec le témoignage d'une
conſcience intégre, ſi quelqu'un m'é-
crivoit que j'ai voulu l'aſſaſſiner ſur

un grand chemin , ou dans quelque
fentier obfcur , loin de me courrou-
cer , je fens que je leverois les épau-
les, comme cela vient de m'arriver
machinalement en y penfant , par
humanité pour cet accufateur; que je
compatirois , je chercherois à le dif-
fuader de la folie de fon accufation ,
& fi , en admettant l'impoffible , elle
m'étoit faite par mon ami , je pleu-
rerois fur lui , je calmerois fon imagination allarmée par la franchife de
mes explications : mais il ne m'arri-
veroit certainement pas de m'en
plaindre. Avançons.

» Cependant le démêlé de ces
» deux hommes célèbres ne tarda
» pas à éclater. Les plaintes de M.
» Hume parvinrent bientôt à la con-
» noiffance du Public , qui eut d'a-
» bord de la peine à croire que M.
» Rouffeau fût coupable de l'excès
» d'ingratitude dont on l'accufoit.

Pag. 8.

A v

Il fuit de cet aveu , que c'eft M. Hume qui a ébruité , répandu fes démélés avec M. Rouffeau par le canal de fes nombreux amis. Si l'on vouloit infirmer cet aveu fi effentiel , j'en appellerois à tout Paris. J'ofe attefter fans craindre d'être contrarié, qu'il en apprit d'eux feuls & la nouvelle , & les circonftances ; ces bruits, quoique divers , invoquoient tous pour garants les lettres de M. Hume.

Il envoya à fes amis qui *craignoient qu'il ne fe fût laiffé emporter trop loin* , un précis de ce qui s'étoit paffé entre lui & M Rouffeau , & ne fe rendit pas aux raifons qu'ils lui alléguoient pour le faire imprimer ; » il aima mieux courir le rifque d'un » jugement injufte , que de fe ré- » foudre à un éclat fi contraire à fon » caractere.

Il fe préfente ici une réflexion

bien naturelle : ou M. Hume en dé-
pofant dans le fein de fes amis les
peines que ce démêlé lui caufoit , les
tranfports qu'il avoit excités dans
fon ame , ne cherchoit qu'à leur faire
une confidence qui devoit mourir
entr'eux , ou , fon deffein étoit de
rendre publiques , & les offenfes de
M. Rouffeau , & fes plaintes à lui.
Le premier cas ne paroît ni vrai ,
ni vraifemblable ; car il faudroit fup-
pofer , ce qui ne tombe pas fous les
fens , que ces amis qui font des gens
mûrs , des Philofophes de la premiere trempe (a) , auroient trahi fa
confiance par noirceur ou par indif-
crétion.& M. Hume alors s'en feroit
plaint hautement. Il ne l'a pas fait ,
il faut donc conclure que cet éclat

____

(a) On s'appercevra bien , fans que je le
dife , que je juge des amis de M. Hume, par
lui.

A vj

n'étoit contraire ni à son caractere, ni à ses desseins.

Plusieurs mois se sont écoulés sans qu'on ait entendu parler de M. Rousseau, que par les gens qui causoient d'après M. Hume. A la fin » M. » Rousseau a adressé à un Libraire » de Paris une lettre où il accuse » sans détour M. Hume de s'être li- » gué avec ses ennemis pour le tra- » hir & le diffamer, & où il le défie » hautement de faire imprimer les » piéces qu'il a entre les mains ; cette » lettre a été communiquée à Paris » à un très grand nombre de per- » sonnes, elle a été traduite en An- » glois, & la traduction est impri- » mée dans les papiers de Londres. » Une accusation & un défi si pu- » blics, ne pouvoient rester sans ré- » ponse.

M. Guy, à qui cette lettre a été adressée, ne l'a communiquée qu'a-

Pag. 10.

vec peine , aux perſonnes qui ont
été l'en prier. Peut - on la qualifier
d'un défi public ? J'ignore ſi elle eſt
traduite en Anglois ; Meſſieurs les
Editeurs le diſent, croyons les donc,
quoiqu'il ne paroiſſe pas fort pro-
bable , que la copie ait été imprimée
à Londres, & que l'original ſoit encore manuſcrit à Paris. Mû par des
conſidérations auſſi puiſſantes, M.
Hume , après avoir donné à ſes démêlés la publicité orale , vient d'y
joindre celle que donne l'impreſſion,
par la raiſon , diſent Meſſieurs les
Editeurs , *qu'un plus long ſilence au-*
roit été interprété d'une maniere peu
favorable pour lui.

    » D'ailleurs, la nouvelle de ce dé-
» mêlé s'eſt répandue dans toute
» l'Europe , & l'on en a porté des
» jugemens divers. Il ſeroit plus heu-
» reux ſans doute que toute cette

Pag. 11.

(14)

>> affaire eût été enfevelie dans le
>> plus profond fecret ; mais puif-
>> qu'on n'a pu empêcher le Public
>> de s'en occuper , il faut du moins
>> qu'il fache à quoi s'en tenir.

Peut-on vous demander , Meffieurs les Editeurs (a) , qui eft-ce qui
a fonné le tocfin ? Qui eſt-ce qui a
crié, inftruit l'*Europe entiere* ? C'eft
vous, Meffieurs , ou M. Hume par
vous : ce qu'il n'eût pas fait s'il eût
cru ce *qu'il fçait , que les querelles
des gens de lettres , font le fcandale de
la Philofophie.* Ce que vous n'euffiez
pas fait vous-mêmes , fi vous euffiez
été convaincus , qu'il *feroit heureux*
que cette affaire eût été enfevelie dans
le plus profond fecret.

Pag. 5.

____

(a) On fentira , j'efpere , qu'en m'adreffant à Meffieurs les Editeurs , je crois parler
aux amis de M. Hume derriere la toile.

Puisque vous avez agi contradic-
toirement , il paroit bien difficile
de ne pas croire que vous ayez eu
vos raisons en commun. Les gens
sensés, & les savans qui doivent l'ê-
tre plus que les hommes ordinaires,
ont des principes dont la conduite
est toujours la conséquence.

Après avoir démontré clairement
que l'affaire de M. Hume a éclaté
par son propre fait , & celui de ses
amis , que conclure ? Pourquoi se
plaint-il , pourquoi a-t-on l'air de
se plaindre pour lui , d'un aussi fâ-
cheux éclat ? *Is fecit...*

Avant de passer à l'examen de
l'ouvrage qui en est résulté , il convient , ce me semble , d'annoncer
sommairement les griefs de M. Rousseau , de dire qu'il a vu , mais trop
tard , un foyer de haines sourdes à
Genève (*a*) , s'étendre à Paris , se

____

(*a*) Il est assez indifférent qu'on place le

développer à Londres pour l'entou-
rer de toutes parts , & le perdre fans
reffource. Des Editeurs impartiaux
devoient énoncer cette idée , la pla-
cer à la tête du livre , comme le
fujet & la bafe de la rixe , la laiffer
combattre à M. Hume , mais la donner telle ou à peu près comme un
fil propre à conduire les lecteurs.
Peu le faifiront : fi on le manque ,
on ne verra dans cette brochure
que des accufations plus vives que
probantes de la part de M. Rouffeau , vaguement repouffées par M.
Hume. Je fuis bien éloigné de nom-
mer les Complotteurs (a) ; M. Rouffeau avoue l'impoffibilité d'adminif-

____

foyer des haines à Genève , auprès de Genève , ou à Paris , pourvû qu'on s'apperçoive
que les ennemis de M. Rouffeau quoiqu'é-
loignés les uns des autres , ont procédé de
concert.

(a) J'avertis très-fincerement que cette

trer les preuves juridiques du complot. Au défaut des preuves, la Juftice elle-même cherche des préfomp-
tions, qui, prifes féparément, ne
font autre chofe que des vraifem-
blances. On ne fera donc pas fur-
pris qu'on les appelle ici.

Suppofons pour un moment qu'il
fût poffible, que pour des raifons per-
fonnelles, des ennemis de M. Rouffeau fuffent parvenus par des caba-
les odieufes, à le faire maltraiter par
fa patrie, & à le forcer d'y renoncer !
fuppofons qu'après qu'il fe fût retiré
à *Moitié-Travers*, ces mêmes ennemis l'euffent trouvé trop près d'eux,
qu'ils euffent excité fecrettement le
fanatifme de quelques Prêtres incon-
fiderés, que ceux-ci en euffent in-
fecté le peuple, qu'ils l'euffent ameuté

épithete, que j'ai empruntée de M. Rouffeau,
ne porte point fur M. Hume. Je le prou-
verai plus loin.

contre M. Rousseau , & que malgré la protection ouverte du Gouvernement , il eût été obligé par délicatesse de quitter le village où il croyoit vivre & mourir tranquille : supposons qu'il eût trouvé la Suisse fermée pour lui , & cela, par les menées de ses ennemis ; il tourne les yeux vers l'Angleterre ; son digne Protecteur Milord Mareschal le détermine à y aller ; M. Hume , sçavant estimé , s'offre de l'y conduire : il traverse la France , va le joindre à Paris ; le seul bien qui lui reste , sa probité , sa réputation l'ont devancé dans cette ancienne patrie d'adoption, où elles lui firent des amis tendres dans le monde , & des ennemis cachés dans le Public Littéraire. La réception honorable qu'il reçut à Paris, réveilla leur haine endormie , elle entreprit ce que n'avoient pu faire de longs revers , de ui ravir fa réputation ; les moyens qu'elle projetta d'employer furent le ridicule, & le mépris qui devoient le bannir ignominieufement de chez un peuple libre.

M. Rouffeau part fans foupçonner les horreurs qui le fuivent ; je n'ai garde de croire que M. Hume s'en doutât, les gens de biens ne font pas méfians, & il n'eft pas rare de voir un homme d'efprit & de génie, mené par des gens qui en ont beaucoup moins. Suppofons encore qu'il ait, fans le fçavoir, fervi d'inftrument aux ennemis de M. Rouffeau, que leur reftoit-il à faire ? Le brouiller peu à peu avec M. Hume, indifpofer par degrés le peuple Anglois. Rien ne paroiffoit moins aifé. Les Anglois aiment le mérite & le fêtent, ils accueillent volontiers les infortunés. Comment attaquer M. Rouffeau dans leur fein ?

La force ouverte étoit impraticable.
Ses ennemis étoient trop adroits
pour l'employer quand elle ne l'eût
pas été. Suppofons qu'ils l'euffent
laiffé jouir de la paix les premiers
jours de fon arrivée , ils ne pouvoient la troubler impunément, les
papiers publics en parloient comme
d'une époque heureufe, parce qu'elle
prouvoit la bonté de leur gouvernement. Patience ; le peuple eft peuple par-tout , & celui d'Angleterre
fe plie tout auffi bien qu'un autre ,
quand on fçait l'y difpofer.

M. Rouffeau, après avoir été honoré , fêté , finit par éprouver dans
la capitale des empreffemens & des
froideurs. Il fe retire à la campagne.
Suppofons que fes ennemis ayent
attendu fa retraite pour l'attaquer &
l'infulter fans mefure dans les papiers publics ; pas un Anglois n'ayant
aucune raifon pour fe livrer à cette

noire escrime , & ces papiers ayant été salis par differens libelles , ils ne pouvoient partir que des ennemis de M. Rousseau ; quelque Anglois tout au plus se prétoit à les faire imprimer.

Le signal du décri de M. Rousseau est donné , les écrits en retentissent , les libelles se succedent, en se disputant de noirceur. Tant de traits accumulés avec art , envenimés par la haine , ne pouvoient partir que de quelques cœurs calcinés de vengeance. Dans l'impossibilité morale & physique où étoit M. Rousseau de s'être fait aucun ennemi dans les trois Royaumes , il dut nécessairement les chercher ailleurs , quoiqu'ils manœuvrassent à Londres.

Jusques-là les ombrages qu'avoit pu lui inspirer l'amitié froide, mais fastueuse de M. Hume ; les inquiétudes qu'avoient pu lui donner le

<table>
<tr><td>

Voyez pag.
103.

Pag. 69.

Pages 70.71.
Pages 77.85.
Deux libel-
les de la mê-
me main.

Pag. 89.
Libelle d'une
autre main ;
il faut se sou-
venir qu'ils
ont été fa-
briqués loin
de Londres.
Xe. Ke.

Pag. 9c.
Il faut tout
dire , M.
Hume nie ici
au moins la
moitié de
l'imputa-
tion , en a-
voue le quart,
& bat les
broussailles
ailleurs sur
le même su-
jet.

</td><td>

rêve cité , & ces expressions mena-
çantes, *Je te tiens, Jean Jacques Rous-
seau , je te tiens ;* ses regards ardents ,
moqueurs , trop souvent répétés ,
n'étoient que des indices foibles en
eux-mêmes, l'explication à laquelle
il s'étoit refusé , tout au plus une
présomption : mais lorsque dans les
libelles subséquens , M. Rousseau re-
connut la main de ses ennemis aussi
aisément qu'on connoit les ouvrages
d'un peintre à *sa maniere*, à *son faire;*
lorsqu'il sçut que M. Hume étoit lié
avec eux tous , qu'il avoit logé, qu'il
étoit en correspondance avec plus
d'un , & qu'il fut convaincu que l'un
des derniers libelles ne pouvoit avoir
été fourni que par lui , dans ce mo-
ment les indices se changerent pour
M. Rousseau en présomptions , les
présomptions en *semi* preuves , les
liaisons de M. Hume en preuves ,
l'ensemble en corps formel de délit

</td></tr>
</table>

& de complot , qui ne lui permiren plus de douter qu'il ne fût trahi : M. Rousseau s'en plaignit dans une feuille périodique , rompit avec M. Hume , & ne lui écrivit plus.

A peu près dans le même temps parurent plusieurs libelles que M. Hume auroit peut-être dû repousser : sans s'en mettre en peine , il alloit sollicitant une pension du Roi son Maître pour M. Rousseau, & l'obtint , à condition qu'elle seroit secrette ; il le lui écrivit : mais ne voyant point venir de remerciemens de sa part ou de lettres , M. Hume dit que, persuadé que c'étoit la condition qui le blessoit , il fit de nouvelles sollicitations auprès des Ministres de son Maître, pour que la pension fût publique. M. Rousseau ne répondit rien à M. Hume sur cette nouvelle démarche , il s'adressa au Lord Conway pour le prier de fufpendre les bontés de Sa Majefté Britannique ; & voici comme, il dit que M. Hume a raifonné fur cette penfion. *Si M. Rouffeau accepte, avec les preuves que j'ai en main , je le dés-honore ; s'il refufe , il faudra qu'il dife pourquoi ; s'il m'accufe , il eft perdu.*

M. Rouffeau ayant laiffé entrevoir à M. Hume qu'il le regardoit comme un perfide , ne pouvoit accepter aucun bienfait par fa média-tion, non-feulement fans s'expofer à être deshonoré , mais fans mériter de l'être : il eft inconteftable qu'il étoit forcé de parler en refufant la penfion , & de motiver fes refus aux Miniftres ; il étoit impoffible qu'il parlât fans accufer M. Hume , à moins de vaguer fur le refus , en appuyant fur toute la reconnoif-fance d'un cœur pénétré. Sa lettre dut être très-obfcure pour le Lord Conway

(25)

Conway fort claire pour M. Hume, C'eſt le dire de M. Rouſſeau. Voyez ſa lettre, p. 75. qui devoit néceſſairement demander des explications ; M. Rouſſeau ne pouvoit y ſatisfaire qu'avec amertume. Après les avoir données, il ne ſe ſeroit plus occupé qu'à rappeller ſa tranquillité qu'il voyoit fuir devant lui, à gémir, & à oublier M. Hume : celle de ce patron n'éxigeoit aucun éclat, il pouvoit s'expliquer, ſe plaindre à M. Rouſſeau, ceſſer tout commerce avec lui. Vivant à cent cinquante milles l'un de l'autre, perſonne n'eût ſoupçonné leur rupture.

Mais d'après les ſuppoſitions que nous avons admiſes, le ſilence qui auroit dû ſuffire à M. Hume, eût accablé les ennemis de M. Rouſſeau. Suppoſons donc pour la derniere fois, qu'ils ayent engagé M. Hume ſans qu'il ait pénétré leurs deſſeins, à ſe plaindre avec éclat ; leur haine ayant manqué la vengeance la plus atroce, ils en auront du moins careffé l'ombre ; ne pouvant faire tout le mal qu'ils avoient médité, ils auront du moins fait tout le bruit poffible ; ne pouvant enlever à M. Rouffeau fa probité, ils auront du moins cherché à l'obfcurcir ; ne pouvant lui ôter fa réputation d'écrivain fublime, ils l'auront du moins fait paffer pour un efprit inquiet, foupçonneux, bizarre, infociable ; ils fçavent que toutes leurs horreurs feront couvertes par la nuit des tems, ils fentent avec douleur que les écrits de M. Rouffeau lui échaperont ; n'ayant pû flétrir fon nom, ce fera du moins une confolation pour eux d'avoir empoifonné fa vie.

Tant de noirceurs pourront paroître trop compliquées pour être admifes. Ah ! plût au ciel que pour

l'honneur de l'humanité , elles suf-
fent même fans vraifemblance. La
lecture de ce qui s'eft paffé à Moitié-
Travers , les conduit au-delà ; le
corps de l'ouvrage qui nous refte à
examiner , fert à les appuyer encore.

En le commençant , M. Hume
donne la date de fa correfpondance
avec M. Rouffeau , (1762) & la
lettre qu'il reçut de lui en remer-
ciement de fes offres, au commen-
cement de l'année fuivante.

» Ce n'eft point par vanité ,
» dit-il , que je publie cette lettre ,
» car je vais bien-tôt mettre au
» jour une rétractation de tous ces
» éloges, c'eft feulement pour com-
» pletter la fuite de notre corref-
» pondance & pour faire voir qu'il
» y a long-tems que j'ai été dif-
» pofé à rendre fervice à M. Rouf-
» feau.

» Notre commerce avoit entiere-

Voyez Re-
cueil de let-
tres de M.
J. J. Rouf-
feau , & au-
tres piéces
relatives à fa
perfécution
& à fa défen-
fe : le tout
tranfcrit d'a-
près les ori-
ginaux.

» ment ceffé jufqu'au milieu de
» l'été de l'année derniere.

Il ne fera pas hors de propos de le
remarquer. L'envie que M. Hume
avoit d'obliger M. Rouffeau, par-
 çoit d'une difpofition générale &
honnête, qu'ont les gens de bien
à rendre fervice; fi le docte Anglois eût fenti quelques difpofitions
de préférence pour lui, s'il eût été
plus particulierement affecté de fes
peines que de celles de tout autre
infortuné, la correfpondance qu'il
avoit entamée avec chaleur, n'eût
pas dormi pendant près de trois
années; elle n'auroit vraifemblable-
ment pas eu d'autre fuite, fi M.
Hume n'eût appris par un tiers que
M. Rouffeau voulant paffer en Angleterre, avoit deffein de s'adreffer
à lui. Alors, je le dis avec plaifir.
M. Hume le prévint par de nouvelles offres de fervice qui furent
acceptées avec reconnoiffance.

» Je n'avois pas attendu ce mo-
» ment pour m'occuper des moyens
» d'être utile à M. Rousseau. M.   Pag. 8.
» Clairaut quelques semaines avant
» sa mort, m'avoit communiqué la
» lettre suivante. «

M. ROUSSEAU A M. CLAIRAUT.

De Moitiers-Travers, le 3 Mars 1765.

» LE souvenir, Monsieur, de vos
» anciennes bontés pour moi vous
» cause une nouvelle importunité de
» ma part. Il s'agiroit de vouloir
» bien être, pour la seconde fois,
» Censeur d'un de mes ouvrages.
» C'est une très-mauvaise rapsodie
» que j'ai compilée il y a plusieurs
» années, sous le nom de *Diction-*
» *naire de Musique*, & que je suis
» forcé de donner aujourd'hui pour
» avoir du pain. Dans le torrent des
» malheurs qui m'entraîne, je suis
» hors d'état de revoir ce Recueil.
» Je sçais qu'il est plein d'erreurs &

» de bévues. Si quelqu'intérêt pour
» le fort du plus malheureux des
» hommes vous portoit à voir fon
» Ouvrage avec un peu plus d'at-
» tention que celui d'un autre, je
» vous ferois fenfiblement obligé de
» toutes les fautes que vous vou-
» driez bien corriger chemin fai-
» fant. Les indiquer fans les corri-
» ger, ne feroit rien faire ; car je
» fuis abfolument hors d'état d'y
» donner la moindre attention, &
» fi vous daignez en ufer comme
» de votre bien , pour changer ,
» ajoûter, ou retrancher, vous exer-
» cerez une charité très-utile & dont
» je ferai très-reconnoiffant. Rece-
» vez, Monfieur, mes très-humbles
» excufes & mes falutations. «

J. J. R.

» Je le dis avec regret, mais je fuis
» forcé de le dire: je fçais aujourd'hui
» avec certitude que cette affectation

»de mifere & de pauvreté extrême ;
»n'eft qu'une petite charlatanerie que
»M. Rouffeau emploie avec fucc s
»pour fe rendre plus intéreffant &
»exciter la commifération du Public;
»mais j'étois bien loin de foupçon-
»ner alors un femblable artifice.

Cet aveu que M. Hume ne fait
qu'à *regret* de l'affectation de pauvreté de M. Rouffeau, qu'il dit n'ê-
tre qu'une petite charlatanerie de
fa part, cet aveu fi pénible porte
fûrement fur ces deux phrafes de la
lettre. *Ce Dictionnaire que je fuis
forcé de donner aujourd'hui pour avoir
du pain, & fur celle-ci : vous exerce-
rez une charité très-utile, & dont je
ferai très-reconnoiffant.*

Ces locutions rampantes font trop
incompatibles avec le caractere noble & fier de M. Rouffeau, pour ne
pas faire douter qu'il les ait em-
ployées dans fa lettre. Meffieurs les

Editeurs l'ont en original : je les fomme aujourd'hui de les faire lire, & furtout la premiere, écrites de la main de M. Rouffeau. Je puis les défier fans imprudence : un fait que tout le monde peut vérifier , garantit la fureté du défi. Le voici.

Environ deux mois avant d'écrire cette lettre, M. Rouffeau avoit vendu par contrat fon Dictionnaire de Mufique au Libraire Duchefne ; dès-lors ce livre eft devenu le propre de ce Libraire. Quel qu'en foit le débit, M. Rouffeau ne l'apprendra que par relation , & ne peut y prendre part que par l'intérêt qu'il porte à cet honnête Libraire. Il n'eft donc pas vraifemblable , il ne peut paroître vrai qu'il ait écrit à M. Clairaut qu'il étoit forcé de donner *ce Dictionnaire pour avoir du pain.*

C'eft pourtant d'après cette phrafe

que M. Hume forma pour lui des projets fecrets de fortune. Écoutons-le parler.

» Je priai M. Clairaut de me don-
» ner fa lettre, je la fis voir à plu-
» fieurs des amis & des protecteurs
» que M. Rouffeau avoit à Paris. Je
» leur propofai un arrangement par
» lequel on pouvoit procurer des fe-
» cours à M. Rouffeau fans qu'il s'en
» doutât. C'étoit d'engager le Li-
» braire qui fe chargeroit de fon
» Dictionnaire de Mufique, à lui en
» donner une fomme plus confidé-
» rable que celle qu'il en auroit of-
» ferte lui-même, & de rembourfer
» cet excédent au Libraire. Ce projet pour l'exécution duquel les foins
de M. Clairaut étoient néceffaires,
échoua par la mort inopinée de ce
profond & eftimable fçavant.

J'avois toujours penfé que la plus
douce des vertus humaines, l'active

& modeste bienfaisance , marchoit sans faste , & fuyoit les témoins. Il faut que je me sois trompé jusqu'à présent. Un Anglois généreux, un Philosophe , semble assembler un Conseil pour discuter sur le bien qu'il veut faire. Je prie M. Hume d'excuser ma maladresse , si j'avoue que je ne conçois pas en quoi M. Clairaut pouvoit servir ses projets , & si je ne conçois pas davantage pourquoi il consultoit les amis , les protecteurs de M. Rousseau sur ce. Je ne croirai jamais pour l'honneur de M. Hume , qu'il ait eu l'idée avilissante pour lui , de faire entrer dans son arrangement toutes ces personnes par répartition. Il ne faudroit pas croire non plus qu'il *voulut par vanité* s'en faire honneur à leurs yeux ; mais il ne faudroit pas connoître sa réputation & ses talens, pour imaginer qu'il eût besoin de l'avis de tant de perſonnes ſur la façon de procéder dans une affaire très-facile à tenter pour tout homme qui avec le ſens commun, auroit eu, je ne dis pas un deſir violent, mais une velléïté ſoutenue. Il ne falloit que ſçavoir le nom du Libraire, & s'aboucher avec lui, &c. &c. Si M. Hume ſe fût ſérieuſement occupé de ce projet, il ne diroit pas, la mort de M. Clairaut l'a ſeule fait échouer : mieux informé, il ſe ſeroit rejetté ſur le contrat de vente du Dictionnaire. Il eſt du 27 Janvier 1765. La lettre de M. Rouſſeau eſt datée du 3 Mars, l'approbation de M. Clairaut comme Cenſeur, eſt du 5 Avril. Il eſt mort le 17 du même mois; je prie le lecteur de péſer ces faits, & de vérifier les titres que j'allegue chez la veuve Ducheſne. Il conclura enſuite.

M. Hume ne ſe découragea point par l'irréuſſite de ſon premier plan,

dont j'ai fait fentir la valeur. Dès
qu'il fçut que M. Rouffeau étoit dé-
cidé de paffer en Angleterre, il char-
gea fecrettement M. Gilbert Eliot,
(devenu Chevalier) de charger M.
Stewart, fous le *fceau du fecret*, de
chercher un fermier honnête qui
voulût prendre en penfion M. Rouffeau & fa gouvernante pour 50 —
60 louis ou environ, avec la claufe
fecrette de n'en éxiger que 20 ou 25.
Le furplus de la dépenfe, ainfi que les
fraix d'ameublement pour fon habi-
tation, devoient être fournis à fon in-
fçu par M. Hume : auffi dit-il, avec
modeftie, » ce plan dans lequel il
» n'entroit affurément aucun motif
» de vanité, puifque le *fecret* en faifoit
» une condition néceffaire , n'eut
» pas lieu, » & tout de fuite il cite
pour témoins Mrs Stewart & Eliot.
Il pouvoit auffi appeller en témoi-

gnage le fermier qu'on avoit trou-
vé, ce qui ne fait en tout que trois,   Pag. 14.
& prouve contre le proverbe vul-
gaire, qui dit qu'un secret connu de
trois personnes, n'en est plus un.

Ce second plan n'ayant pas eu
plus de succès que le premier, M.
Hume en forma un troisiéme beaucoup plus magnifique. Ce fut d'a-
cheter la maison de campagne du
Colonel Web, avec un petit bien
qui y est annexé, pour en faire un
établissement à M. Rousseau. Les
témoins ne manquent pas ici. M.   Pag. 15.
Hume est toujours en regle.

Ce qui me peine pour lui, c'est
qu'il démontre sans réplique, que
sans avoir dépensé un sol pour M.
Rousseau, il avoit, à son intention,
préparé des dépenses considérables
en idée : d'où je conclus 1°. que M.
Hume ne court aucun risque de se
reunir. 2°. Qu'il est malheureux ;

car c'eft l'être, que de ne pouvoir faire du bien quand on le defire.

Après nous avoir expofé progreffivement fes foins infructueux, il vient (pag. 16.) reprendre M. Rouffeau à Paris, & tout à coup il le tranfporte à Wootton. Je confens de ne pas relever le défordre apparent qui regne dans les piéces de ce procès. Je confens qu'on ne dife pas :

Souvent un beau défordre eft un effet de l'art.

Art. Poet.

Mais qu'on me permette de le remarquer une fois en paffant, de l'imiter fi la fantaifie m'en prend, & de fuppléer ce que n'a pas dit M. Hume, que l'eftimable M. *Davenport* en offrant à M. Rouffeau la retraite qu'il habite, le fit uniquement par amitié pour lui. Quand M. Davenport voulut bien me l'offrir, dit M. Rouffeau, ce ne fut pas pour lui, (M. Hume) qu'il ne connoiffoit pas. Si

Pag. 17.
Wootton eft une maifon de campagne appartenante à M. Davenport dans le Comté de Disbig.

Voyez la Lettre du 10 Juillet.

le fait n'étoit pas conftant, & que
M. Hume eût cooperé quelque chofe
dans cet établiffement, il en auroit
certainement informé le Public ; car
il lui conte jufqu'à fes moindres idées
avec une confiance qui fait plaifir : il
lui parle des frais qu'il a faits en com-
plaifance & en petits foins pour fon
ami recommandé. Il rapporte enfuite
deux lettres, qu'il lui a écrites de
Wootton. Je vais tranfcrire la pre- Pag. 17.
miere dont nous aurons fouvent occafion de parler.

M. Rousseau a M. Hume.

A Wootton, le 22 Mars 1766.

» Vous voyez déjà, mon cher Pa-
» tron, par la date de ma Lettre,
» que je fuis arrivé au lieu de ma
» deftination. Mais vous ne pouvez
» voir tous les charmes que j'y trou-
» ve ; il faudroit connoître le lieu,
» & lire dans mon cœur. Vous y de-

» vez lire au moins les fentimens qui
» vous regardent , & que vous avez
» fi bien mérités. Si je vis dans cet
» agréable afyle aufîi heureux que je
» l'efpere , une des douceurs de ma
» vie fera de penfer que je vous les
» dois. Faire un homme heureux ,
» c'eft mériter de l'être. Puiffiez-vous
» trouver en vous-même le prix de
» tout ce que vous avez fait pour
» moi ! Seul , j'aurois pu trouver de
» l'hofpitalité , peut-être ; mais je ne
» l'aurois jamais aufîi bien goûtée
» qu'en la tenant de votre amitié.
» Confervez-la-moi toujours , mon
» cher Patron , aimez-moi pour moi
» qui vous dois tant ; pour vous-
» même ; aimez-moi pour le bien
» que vous m'avez fait. Je fens tout
» le prix de votre fincere amitié ; je
» la defire ardemment ; j'y veux ré-
» pondre par toute la mienne , & je
» fens dans mon cœur de quoi vous

» convaincre un jour qu'elle n'eſt
» pas non plus ſans quelque prix.
» Comme, pour des raiſons dont
» nous avons parlé, je ne veux rien
» recevoir par la poſte, je vous prie,
» lorſque vous ferez la bonne œu-
» vre de m'écrire, de remettre votre
» lettre à M. Davenport. L'affaire
» de ma voiture n'eſt pas arrangée,
» parce que je ſçais qu'on m'en a im-
» poſé : c'eſt une petite faute qui
» peut n'être que l'ouvrage d'une
» vanité obligeante, quand elle ne
» revient pas deux fois. Si vous y
» avez trempé, je vous conſeille de
» quitter une fois pour toutes, ces pe-
» tites ruſes qui ne peuvent avoir un
» bon principe quand elles ſe tour-
» nent en piéges contre la ſimplicité.
» Je vous embraſſe, mon cher Pa-
» tron, avec le même cœur que j'eſ-
» pere & deſire trouver en vous. «

J. J. R.

On voit clairement dans cette lettre que les expreſſions de reconnoiſſance ſont mêlées d'inquiétude ſur les ſentimens de M. Hume. M. Rouſſeau fait entendre des ſoupçons qu'il n'oſe développer.

Dans la ſeconde, les ſoupçons ſe taiſent, l'amitié ſeule parle.

M. Hume argumente fréquemment de la premiere, il dit que d'après le ton de cordialité qui y regne, il ne devoit pas s'attendre d'être ſoupçonné par M. Rouſſeau d'avoir prêté la main à ſes ennemis; & que s'il a eu quelques ſoupçons, il les a tenus bien ſecrets.

L'on ſeroit tenté de croire que M. Hume n'avoit pas cette lettre ſous les yeux. Il eſt impoſſible de ſe méprendre à pluſieurs de ſes phraſes, & ſur-tout à ſa finale.

» Je vous embraſſe, mon cher

» Patron , avec le même cœur ,
» que *j'espère & desire* trouver en
» vous.

Cette phrase seule, qui dans une amitié naissante seroit un sentiment, ne peut-être estimée qu'un doute dans une amitié confirmée. Si cela est vrai, ce doute & tous les autres qui sont aussi sensibles, appelloient une explication. Pourquoi M. Hume l'a-t-il esquivée ? C'étoit la fuir que ne pas la demander.

Lui sied-il bien après cela de chercher à mettre cette lettre en opposition avec la conduite de M. Rousseau ? Rien n'est cependant si aisé à concilier. Celle de M. Hume lui avoit fait naître des soupçons, il chercha à s'en débarrasser par une effusion de cœur qui fut froidement répondue. Le lendemain il partit pour la campagne, ses soupçons importuns l'y suivirent : sa

premiere lettre s'en reſſentit. Ren-
trant bien-tôt dans ſon caractère
franc & peu méfiant , il ſecoua
toute idée injurieuſe à M. Hume ,
& lui écrivit ſept jours après la
ſeconde lettre pleine d'amitié ſans
ombrage. A quelques jours de-là
il lit dans les papiers publics la
lettre prétendue du Roi de Pruſſe.
Ses ſoupçons reviennent l'aſſaillir
avec plus de force. Il rompt tout
commerce avec M. Hume. Suivons-
le dans ſa méthode.

Il nous ramene à Calais où il pro-
poſa à M. Rouſſeau de lui obtenir
une penſion du Roi d'Angleterre.
En Hiſtorien habile & adroit , il
nous peint ſes inquiétudes ſur le caractere de M. Rouſſeau , qui ne devoit pas , ſelon ſon calcul , lui permettre de jouir paiſiblement de l'hoſpitalité qu'on alloit lui accorder. M.
Hume dit qu'il voyoit bien cela ,

mais qu'il ne s'attendoit pas d'être
l'objet de ses plaintes, ni la victime
de cette malheureuse disposition de
caractere. Pour nous expliquer comment il l'a été, & tacitement comment il s'en est tiré, il nous apprend
que quoique la lettre de M. Walpole
eût été composée trois semaines
avant son départ de Paris par cet
ami, avec lequel il logeoit, il n'en
sçavoit cependant rien, & qu'il ne
fut pas étonné, (on doit bien le croi-   Pag. 27.
re,) de la voir paroître à Londres
dans les écrits périodiques, mais qu'il
le fut beaucoup de voir la réponse
publique de M. Rousseau, & de la   Pag. 28.
chaleur qu'il y mit. Il disoit à l'Auteur du Saint *James-Chronicle*, qu'il
se rendoit sans le sçavoir, l'instru-
ment de noirceurs. M. Hume avoue   Pag. 29.
qu'il s'en seroit cru coupable, s'il
avoit imaginé que M. Rousseau pût
le suspecter d'être l'Editeur de cette

Pag. 29. piéce : & tout de fuite il prouve qu'il
auroit été lui, (M. Hume,) un mé-
chant très mal-adroit s'il l'avoit été.
M. Rouffeau le charge feulement
d'avoir été le complice de fes ennemis.

Auparavant d'aller plus loin, il
ne me paroit pas indifférent d'appuyer fur cette Lettre. M. Hume en
parle plufieurs fois comme d'une *plai-
fanterie*. M. Walpole ne l'eftimoit
que cela. M. Dalembert la regarde
comme une moquerie, ce qui dit
quelque chofe de plus. Il affure
(Pag. 126.) qu'il la défaprouva pu-
bliquement quand elle parut, *par la
raifon qu'il ne faut pas fe moquer
des malheureux, furtout quand ils ne
nous ont point fait de mal*. J'ajoûterai : lorfqu'ils nous en ont fait, une
ame généreufe croit que c'eft une
raifon de plus pour ne pas les infulter.
J'ajoûterai encore, dût-on blamer

d'excès mes principes, que je croirois avoir commis une atrocité, si
par une raillerie amère & froide, j'a-
vois cherché à tourner en ridicule un
malheureux quelconque, & surtout un
étranger qui se seroit réfugié dans ma
patrie. Revenons à la Lettre que M.
Dalembert rejette par sa déclaration,
puisque M. Walpole l'a dit à lui, je
vais la rapprocher de celle qu'il a
écrite à M. Hume, afin que le Public, en les comparant, ait le plaisir
de juger combien un homme peut
être dissemblable à lui-même, &
ressembler à son voisin.

Mon cher Jean - Jacques.

» Vous avez renoncé à Genève,
» votre patrie. Vous vous êtes fait
» chasser de la Suisse, pays tant
» vanté dans vos écrits ; la France
» vous a décrété : venez donc chez
» moi. J'admire vos talens ; je m'a-

» muſe de vos rêveries qui (ſoit dit
» en paſſant) vous occupent trop &
» trop longtemps. Il faut à la fin
» être ſage & heureux ; vous avez
» fait aſſez parler de vous par des
» ſingularités peu convenables à un
» véritable grand homme : démon-
» trez à vos ennemis que vous pou-
» vez avoir quelquefois le ſens com-
» mun : cela les fâchera ſans vous
» faire tort. Mes Etats vous offrent
» une retraite paiſible : je vous veux
» du bien , & je vous en ferai, ſi vous
» le trouvez bon. Mais ſi vous vous
» obſtinez à rejetter mon ſecours ,
» attendez-vous que je ne le dirai à
» perſonne. Si vous perſiſtez à vous
» creuſer l'eſprit pour trouver de
» nouveaux malheurs, choiſiſſez-les
» tels que vous voudrez ; je ſuis Roi ;
» je puis vous en procurer au gré de
» vos ſouhaits ; & ce qui ſûrement
» ne vous arrivera pas vis-à-vis de
» vos

» vos ennemis , je cefferai de vous
» perfécuter , quand vous cefferez
» de mettre votre gloire à l'être. »

» Votre bon ami , FRÉDÉRIC. «

M. WALPOLE A M. HUME.

Arlington-Steet, le 26 Juillet 1766.

» JE ne peux pas me rappeller avec
» précifion le temps où j'ai écrit la
» *Lettre du Roi de Pruffe* ; mais je
» vous affure, avec la plus grande
» vérité, que c'étoit plufieurs jours
» avant votre départ de Paris , &
» avant l'arrivée de Rouffeau à Lon-
» dres; & je peux vous en donner une
» forte preuve ; car , non-feulement
» par égard pour vous , je cachai la
» Lettre tant que vous reftâtes à Pa-
» ris ; mais ce fut auffi la raifon pour
» laquelle , par délicateffe pour moi-
» même , je ne voulus pas aller le
» voir , quoique vous me l'euffiez
» fouvent propofé. Je ne trouvois

» pas qu'il fût honnête d'aller faire
» une visite cordiale à un homme,
» ayant dans ma poche une Lettre
» où je le tournois en ridicule. Vous
» avez pleine liberté , mon cher
» Monsieur , de faire usage , soit au-
» près de Rousseau , soit auprès de
» tout autre , de ce que je dis ici pour
» votre justification : je serois bien
» fâché d'être cause qu'on vous fît
» aucun reproche. J'ai un mépris
» profond pour Rousseau , & une
» parfaite indifférence sur ce qu'on
» pensera de cette affaire ; mais s'il y
» a en cela quelque faute , ce que je
» suis bien loin de croire , je la
» prends sur mon compte. Il n'y a
» point de talens qui m'empêchent
» de rire de celui qui les possede , s'il
» est un charlatan ; mais s'il a de plus
» un cœur ingrat & méchant, comme
» Rousseau l'a fait voir à votre égard,

» il fera détefté par moi comme par
» tous les honnêtes gens , &c. «

H. W.

On pourroit faire un volume
d'obfervations fur ces deux Lettres
Franco-Angloifes. Il fuffit , je crois,
de le montrer au doigt.

Reprenons M. Hume. M. Rouffeau ne lui avoit pas répondu fur le
refus ou l'acceptation de la penfion;
il avoit écrit au Général Conway.
M. Hume rapporte cette Lettre (p.
32.) elle a été publiée dans le *Pu-*
blic-Ledger, N°. 2123. La différence
qu'on lit dans ces copies , ne porte
que fur quelques mots dont voici le
plus effentiel. M. Rouffeau dit à ce
Général : » lorfque je recevrai les
» bontés de Sa Majefté Britannique,
» je veux m'en honorer aux yeux
» du Public comme aux miens , &
» n'avoir le cœur plein que des bon-
» tés de Sa Majefté & des vôtres. Je

C ij

» *ne crains* pas que cette façon de
» penſer les puiſſe altérer. « Dans la
feuille Angloiſe on lit : *je ne crois pas.*
Cette locution eſt plus modeſte , &
par cela même plus convenable.
Laiſſons ces *innocentes* fautes d'impreſſion ; mais déduiſons une choſe
eſſentielle de cette Lettre. C'eſt que
M. Rouſſeau étoit pénétré des bontés de Sa Majeſté Britannique , &
qu'il ne deſiroit , pour les recevoir ,
que de les voir paſſer par d'autres
mains , que celles de M. Hume qu'il
croyoit le trahir. Il n'eſt pas étonnant que l'hiſtorien Anglois n'ait
pas narré cela au Général Conway ;
mais ce qui peut ſurprendre , ce ſont
les réflexions de M. Hume & de ſes
conſeillers.

  » Quoique M. Rouſſeau paroiſſe
» faire ici le ſacrifice d'un intérêt fort
» conſidérable, il faut obſerver cepen-
» dant que l'argent n'eſt pas toujours

»le principal mobile des actions hu-
»maines : il y a des hommes sur qui la
»vanité a un empire bien plus puis-
»sant, & c'est le cas de ce Philosophe.
»Un refus fait avec *ostentation* de la
»pension du Roi d'Angleterre, osten-
»tation qu'il a souvent recherchée à
»l'égard d'autres Princes, auroit pu
»être seul un motif suffisant pour
»déterminer sa conduite.

Il n'étoit pas possible que M.
Hume & ses amis n'en connussent
le principe naturel : celui d'*ostentation* qu'ils lui prêtent est-il de
bonne foi ? Je le demande, non
pour l'instruction des lecteurs, mais
pour leur édification.

Dans cette lettre M. Rousseau *Pag. 35.*
peint ses malheurs comme un homme
accablé, M. Hume ne veut pas y
croire. Il assure (sans preuve) que
M. Davenport lui marquoit que
précisément dans ce tems-là son

hôte étoit très-content & très-gai; M. Hume affirme de plus » que M. » Rousseau veut être plaint, mais » que son affectation de sensibilité » extrême, est un artifice qui n'en » imposoit plus à un homme qui » le connoissoit si bien que lui.

Quand on a quelque connoissance du cœur humain, il est facile d'expliquer pourquoi la plûpart des hommes déclament contre les gens riches ou puissans, tout en enviant leurs richesses ou leurs places. Il ne me paroît pas aussi aisé de démêler quelle est la passion qui fait grossir idéalement la fortune d'un homme, qui lui ôte idéalement ses infirmités, & le sentiment de ses peines, pour lui enlever jusques à la commisération que tout être sensible doit aux malheureux.

Pag. 112. M. Hume qui convient d'avoir eu avec M. Rousseau une scène

des plus attendriſſantes , doit ſçavoir
mieux qu'un autre, que la ſenſibilité
la plus exquiſe fait, pour ainſi dire,
le fond de ſon ame, M. Hume ne peut
ignorer qu'une pauvreté noble l'a
toujours ſuivi, parce qu'il a oſé dédai-
gner la fortune, & qu'il a apporté en
venant au monde , une maladie
cruelle, (une rétention d'urine) qui
va croiſſant avec l'âge, ſans eſpoir
de ſecours. Si l'on joint à tout cela
les calamités nombreuſes qui ont
tourmenté ſa vie & aſſiégé les ap-
proches de ſa vieilleſſe ; je demande
au public ſi M. Rouſſeau n'eſt pas
un des hommes les plus à plaindre,
& ſi M. Hume ou ceux qui comme
lui cherchent à pallier ſes infortunes
& ſes maux, ſe croiroient heureux
à ſa place. Reprenons.

M. Hume écrivit à M. Rouſſeau Pag. 19.
qu'il y avoit moyen de rendre la
penſion publique. Il lui répondit

» qu'ayant appris à le connoître &
» ne pouvant douter qu'il ne l'eût
» amené en Angleterre pour le
» perdre, il se doit de n'accepter
» aucune affaire dont il soit le mé-
» diateur.

M. Hume répliqua :

» Vous dites que je vous ai trahi !
» moi, je le dis hautement, & je le
» dirai *à tout l'univers*, je sçais le
» contraire, je sçais que mon amitié
» pour vous a été sans bornes &
» sans relâche ; & quoique je vous
» aye donné des preuves qui font
» *universellement connues* en France
» & en Angleterre, le public n'en
» connoit encore que la plus petite
» partie.

Je ne puis m'empêcher de le
dire ; ce n'est pas ainsi que parle
la bienfaisance même outragée ; si
c'étoit par hasard l'amitié blessée ? Je
serois bien trompé. Le serois-je
seul ?

M. Hume finit sa lettre par demander réponse & explication des griefs de M. Rousseau ; il dit qu'il obtint par le crédit de M. Davenport, la lettre qu'on voit dans l'exposé, & qu'il n'y fera que quelques notes. Suivons celles qui paroissent mériter quelqu'attention.

LETTRE DE M. ROUSSEAU A M. HUME.

» Je suis malade , Monsieur , &
» peu en état d'écrire ; mais vous
» voulez une explication , il faut
» vous la donner ; il n'a tenu qu'à
» vous de l'avoir depuis longtems.

» M. Rousseau ne m'a assurément
» jamais donné lieu de lui demander
» une explication. Si pendant que
» nous avons vécu ensemble, il a eu
» quelques-uns de ces indignes soup-
» çons dont cette lettre est remplie,
» il les a tenus bien secrets. «

Première Note de M. Hume.

C v

Pas trop , ce me semble. Il ne falloit que lire celle du 22. L'espece
d'aveuglement que M. Hume semble
avoir mis à la lire , est la seule ex-
cuse valable qu'il puisse donner. J'aime mieux croire M. Hume distrait
que coupable.

Pag. 56.
de la lettre.

Quand il cherche à aliéner de moi
cet honnête homme , M. Davenport , il cherche à m'ôter ce qu'il
ne m'a pas donné.

Note.

» M. Rousseau me juge mal , &
» devroit me connoître mieux. De-
» puis notre rupture , j'ai écrit à M.
» Davenport pour l'engager à con-
» server les mêmes bontés à son mal-
» heureux hôte.

Je suis fâché de remarquer que
l'air de bonté protectrice que porte
cette note , ne pouvoit être que vain.
M. Hume , n'est , comme on l'a dit
ci-devant , que la connoissance de
M. Davenport qui a reçu chez lui
M. Rousseau par amitié. Où elle

agit, les recommandations des gens
de connoissance sont nulles. Mais
est-il bien vrai que M. Hume n'ait
écrit que ce qu'il dit ? Je crains que
sa mémoire ne lui ait fait encore oublier quelque chose, du moins peut-
on conclure que M. Rousseau avoit
lû quelqu'une de ses lettres, qui n'é-
toient pas des lettres de recomman-
dation. Déjà, dit-il, écrivant à M.
Davenport, il me traite (M. Hume)
d'homme féroce, de monstre d'ingratitude. Ceci est allégué pag. 98,
& n'est accompagné d'aucune note
de M. Hume.

» Tout ce qui s'est fait de bien,
» se feroit fait sans lui à peu près de
» même, & peut-être mieux ; mais
» le mal ne se fût point fait ; car
» pourquoi ai-je des ennemis en An-
» gleterre ? Pourquoi ces ennemis
» sont-ils précisément les amis de
» M. Hume ? Qui est ce qui a pû

» m'attirer leur inimitié ? Ce n'eſt
» pas moi qui ne les vis de ma vie,
» & qui ne les connois pas ; je n'en
» aurois aucun, ſi j'y étois venu ſeul.
   » Étrange effet d'une imagination
» bleſſée ! M. Rouſſeau ignore , dit-
» il, ce qui ſe paſſe dans le monde,
» & il parle cependant des ennemis
» qu'il a en Angleterre. D'où le
» ſçait-il ? Où le voit-il ? Il n'y a
» reçu que des marques de bienfai-
» faiſance & d'hoſpitalité. M. Wal-
» pole ſeul avoit fait une plaiſante-
» rie ſur lui , mais n'étoit point pour
» cela ſon ennemi. Si M. Rouſſeau
» voyoit les choſes comme elles ſont,
» il verroit qu'il n'a eu en Angle-
» terre d'autre ami que moi, & d'au-
» tre ennemi que lui-même. »

   Il eſt facile de répondre. M. Rouſſeau a appris qu'il avoit des ennemis
en Angleterre par les papiers publics. Il m'eſt impoſſible de ſuppo-

fer que M. Hume voulût penser un inſtant que les horreurs qui y ont été imprimées puiſſent partir d'une main amie. S'il n'avoit oublié que l'eſtimable M. Davenport, dont il a parlé il n'y a qu'un inſtant, étoit l'ami de M. Rouſſeau, s'il n'avoit oublié que le reſpectable Lord Mareſchal l'étoit davantage, M. Hume ne ſe ſeroit pas flatté d'être le ſeul ami de M. Rouſſeau en Angleterre.

Dans les dix pages ſuivantes, il y a des allégations de la part de M. Rouſſeau, déni de celle de M. Hume. Certainement quelqu'un de ces Meſſieurs manque de mémoire. Dieu ſçait bien qui.

M. Rouſſeau (pag. 67.) rappelle que M. Hume eſt lié avec ſes ennemis.

» J'apprends que le fils du Jon» gleur Tronchin, mon plus mortel » ennemi, eſt non-ſeulement l'ami,

» le protégé de M. Hume , mais
» qu'ils logent enfemble , & quand
» M. Hume voit que je fçais cela ,
» il m'en fait la confidence , m'affu-
» rant que le fils ne reffemble pas au
» pere. J'ai logé quelques nuits dans
» cette maifon chez M. Hume avec
» ma gouvernante , & à l'air , à l'ac-
» cueil dont nous ont honoré fes
» hôteffes, qui font fes amies, j'ai jugé
» à la façon dont lui ou cet homme
» qu'il dit ne pas reffembler à fon
» pere , ont pu leur parler d'elle &
» de moi.

Note.   » Me voilà donc accufé de trahi-
» fon parce que je fuis l'ami de M.
» Walpole , qui a fait une plaifante-
» rie fur M. Rouffeau ; parce que le
» fils d'un homme que M. Rouffeau
» n'aime pas fe trouve par hafard
» logé dans la même maifon que
» moi ; parce que mes Hoteffes , qui
» ne fçavent pas un mot de Fran-

» çois, ont regardé M. Rousseau froi-
» dement ! .. Au reste, j'ai dit seule-
» ment à M. Rousseau que le jeune
» Tronchin n'avoit pas contre lui les
» mêmes préventions que son pere. «

Sans prétendre prononcer entre M. Rousseau & M. Hume qui rapportent différemment ce fait, je demanderai à ce dernier si c'est aussi par hasard qu'il protège le jeune Tronchin. Cela valoit la peine d'être expliqué.

De la page 67 à la 73 nouvelles accusations, nouveaux dénis, même réfléxion à faire que ci - devant, pag. 61.

M. Rousseau dit qu'il écrivit une lettre que M. Hume devoit » trouver » fort naturelle s'il étoit coupable, » mais fort extraordinaire s'il ne » l'étoit pas. M. Hume s'en rapporte encore à la lettre du 22 Mars, où il ne trouve que le ton Pag. 73. de la lettre.

de la plus grande cordialité sans la moindre réserve. Ce pauvre cher Monsieur rêve amitié, & la trouve par-tout.

Pag. 81. M. Rousseau dit : » la trahison » d'un faux ami dont j'étois la proie, » étoit ce qui portoit dans mon » cœur trop sensible l'accablement, » la tristesse & la mort.

Note de M. Hume. » Ce faux ami, c'est moi sans » doute. Mais cette trahison quelle » est-elle ? Quel mal ai-je fait ou » pû faire à M. Rousseau ? En me » supposant le projet de le perdre, » comment pouvois-je y parvenir » par les services que je lui ren- » dois ? Si M. Rousseau en étoit » cru, on me trouveroit bien plus » imbécille que méchant.

La trahison, le mal seroient (si cela étoit possible) d'avoir voulu perdre M. Rousseau de réputation,

(65)

& par-là affaſſiner ſon ame. (a)
La méchanceté ſeroit d'avoir caché
la main ſous le manteau de la bien-
faiſance, pour qu'on ne pût la voir
armée d'un poignard.

Je le répete avec vérité, jamais
je ne croirai M. Hume coupable
de cette noirceur. Il a fait du mal
à M. Rouſſeau ſans s'en douter.
Cet aveu ne doit pas bleſſer M.
Hume. Étant enfant, j'ai ouï dire
à M. de Monteſquieu, qu'avec un
bon cœur, l'eſprit ne garantiſſoit
pas des piéges des méchans.

En récapitulant ſes griefs M. Pag. 86.
Rouſſeau fait mention de pluſieurs
libelles. M. Hume convient de
quelques-uns, ſe contentant d'ob-

____

(a) S'il ſe trouvoit quelque lecteur auquel
je duſſe dire qu'aſſaſſiner ſon ame, n'eſt
qu'une métaphore, je rougirois pour lui.
Croire à l'ame, à ſon immortalité, eſt une
de mes plus douces penſées.

ferver qu'il n'y a pas trempé. Voyez page 91.

Il en cite un où l'Auteur ne peut déguiser fa rage fur l'accueil qu'on avoit fait à M. Rouffeau à Paris.

Pag. 92. Un autre où l'on dit qu'il ouvre fa porte aux grands, la ferme aux petits, reçoit mal fes parens, pour ne rien dire de plus.

M. Hume dit du premier, (pag. 86) » je n'ai aucune connoiffance » de ce prétendu libelle ; & du fe- » cond, (pag. 92), je n'ai jamais » vû cette piéce ni avant ni après » fa publication, & tous ceux à » qui j'en ai parlé n'en ont aucune » connoiffance.

En admettant ce fait, il faut convenir qu'il tient du miracle. (a)

____

(a) Jamais peuple n'eut plus de papiers publics, & ne les lut plus avidement que les Anglois. Les manouvriers les lifent dans

Puisque M. Hume n'a pu se procurer à Londres ce que j'ai lû ici,
il n'a qu'à prendre le *Saint James
Chronicle* N°. 821 ; à la quatrieme
page il y trouvera un article pour
M. Rousseau contenant trois deman-
des & une réflexion qui assaisonne
le tout.

Dans la seconde question on
demande comment a-t-il pu se
faire » que l'Auteur de la nouvelle
» Héloïse soit froid (pour ne rien
» dire de plus) envers ses parens
» & amis, qu'il change souvent ces
» derniers, & qu'il en ait eu plu-
» sieurs qu'il a ensuite appellés
» monstres ?

» Que l'Auteur de *l'inégalité* ait
» ouvert sa porte aux grands, &
» qu'il l'ait fermée aux petits ?

---

les cabarets, les gens riches dans les cafés
ou chez eux. Tout le monde s'en mêle.

Le lecteur peut examiner à préfent avec plus de fureté ce que M. Rouffeau dit page 92 , 93 , 94 , où il accufe formellement M. Hume d'avoir fourni cet article. Il eſt vrai que M. Hume s'en lave bien , en affurant qu'il n'étoit pas préfent lorfqu'il reçut fon coufin.

Je ne pouſſerai pas plus loin l'examen des notes fur la lettre de M. Rouffeau. Elles confiſtent pour la plûpart en dénis , en défaut de mémoire ; ce que j'ai dit de quelques-unes peut faire apprécier les autres , qui ne font d'ailleurs ni longues ni nombreufes.

La lettre de M. Hume en réponfe à celle de M. Rouffeau , eſt , j'ofe le dire froide , ſtérile , & ne débat qu'un feul article intéreffant ; la fçène attendriffante qui s'eſt paffée entr'eux & qu'ils narrent différemment. Ces récits font trop

essentiels pour ne pas les comparer,
Si on le fait attentivement, il ne
sera pas aussi difficile qu'on pourroit
le croire d'assigner celui des deux
qui mérite qu'on y ajoûte foi.
Rapprochons-les, en débutant par
celui de M. Hume, par la raison
qu'il faut faire les honneurs du pas
aux étrangers.

» M. Davenport avoit imaginé un
» honnête artifice pour vous faire
» croire qu'il y avoit une chaise
» de retour prête à partir pour
» Wooton; je crois même qu'il le
» fit annoncer dans les Papiers Pu-
» blics, afin de mieux vous tromper.
» Son intention étoit de vous épar-
» gner une partie de la depense du
» voyage, ce que je regardois comme
» projet louable; mais je n'eus au-
» cune part à cette idée ni à son exé-
» cution. Il vous vint cependant
» quelque soupçon de l'artifice, tan-

» dis que nous étions au coin de mon
» feu, & vous me reprochâtes d'y
» avoir participé : je tâchai de vous
» appaiſer & de détourner la con-
» verſation ; mais ce fut inutilement.
» Vous reſtâtes quelque tems aſſis,
» ayant un air ſombre & gardant le
» ſilence , ou me répondant avec
» beaucoup d'humeur ; après quoi
» vous vous levâtes & fîtes un tour
» ou deux dans la chambre ; enfin ,
» tout d'un coup & à mon grand
» étonnement, vous vîntes vous jet-
» ter ſur mes genoux , & paſſant vos
» bras autour de mon cou , vous
» m'embraſsâtes avec un air de tranſ-
» port , vous baignâtes mon viſage
» de vos larmes, & vous vous écriâ-
» tes : *Mon cher ami , me pardonne-*
» *nerez - vous jamais cette extrava-*
» *gance ? Après tant de peines que*
» *vous avez priſes pour m'obliger ,*
» *après les preuves d'amitié ſans nom-*

» bre que vous m'avez données, se
» peut-il que je paye vos services de
» tant d'humeur & de brusquerie ?
» Mais en me pardonnant, vous me
» donnerez une nouvelle marque de
» votre amitié, & j'espere que lorsque
» vous verrez le fond de mon cœur,
» vous trouverez qu'il n'en est pas in-
» digne Je fus extrêmement touché,
» & je crois qu'il se passa entre nous
» une scène très-tendre. »

Récit de M. Rousseau.

» Un soir, je vois encore chez lui
» une manœuvre de lettre dont je
» suis frappé. Après le souper, gar-
» dant tous deux le silence au coin
» de son feu, je m'apperçois qu'il
» me fixe, comme il lui arrivoit
» souvent, & d'une maniere dont
» l'idée est difficile à rendre. Pour
» cette fois, son regard sec, ardent,
» moqueur & prolongé devint plus
» qu'inquiétant. Pour m'en débar-

» rasser, j'essayai de le fixer à mon
» tour ; mais en arrêtant mes yeux
» sur les siens, je sens un frémisse-
» ment inexplicable , & bientôt je
» suis forcé de les baisser. La physio-
» nomie & le ton du bon David sont
» d'un bon homme : mais où, grand
» Dieu ! ce bon homme emprunte-
» t-il les yeux dont il fixe ses amis ?

» L'impression de ce regard me
» reste & m'agite ; mon trouble aug-
» mente jusqu'au saisissement : si l'é-
» panchement n'eût succedé , j'é-
» touffois. Bien-tôt un violent re-
» mords me gagne ; je m'indigne de
» moi-même ; enfin dans un trans-
» port que je me rappelle encore
» avec délices , je m'élance à son
» cou , je le serre étroitement ; suf-
» foqué de sanglots , inondé de lar-
» mes , je m'écrie d'une voix entre-
» coupée : *Non , non , David Hume*
» *n'est pas un traître ; s'il n'étoit le*
» *meilleur*

» meilleur des hommes , il faudroit
» qu'il en fût le plus noir. David
» Hume me rend poliment mes em-
» braſſemens , & tout en me frap-
» pant de petits coups ſur le dos , me
» répete pluſieurs fois d'un ton tran-
» quille : *Quoi , mon cher Monſieur !*
» *Eh ! mon cher Monſieur ! Quoi donc,*
» *mon cher Monſieur !* Il ne me dit
» rien de plus ; je ſens que mon
» cœur ſe reſſerre ; nous allons nous
» coucher , & je pars le lendemain
» pour la province. «

Dans ſon narré , M. Hume ne
veut ſuppoſer que de l'humeur à
M. Rouſſeau : M. Rouſſeau au con-
trire n'annonce dans le ſien que la
triſte impreſſion que lui avoient donné ſes ſoupçons ſur la conduite de
M. Hume. Il paroît plus naturel
qu'une effuſion de cœur les ſuive, que
de la voir amenée par la bouderie,

D

ou l'humeur dont les traces font toujours légeres.

L'homme le plus uniforme, qui
eft le plus conftamment le même, fe
laiffe aller quelquefois à des momens
d'humeur, de vivacité, occafionnés
par les infirmités, l'embarras des
affaires ou les chagrins qui les fuivent. Dans ce cas, l'homme le plus
jufte peut s'oublier & répandre dans
fon domeftique, fur fon ami même,
les inquiétudes qui l'agitent. Un
inftant de réflexion fuffit pour lui
faire fentir fon injuftice, il en fait
fans peine l'aveu à l'ami qu'il avoit
contrifté ; l'air de bonté qu'il re-
prend, qu'il redouble même dans
fon domeftique, eft l'excufe, & l'aveu
tacite de fon humeur. Il feroit
plus noble & plus grand fans doute
de l'avouer tout haut, & ce feroit
peut-être un moyen pour fe garan-

tir des rechûtes ; mais l'amour propre mal entendu s'oppofe à des
aveux qu'on eftimeroit humilians
vis-à-vis des gens que l'éducation
& l'ufage nous ont appris à regar-
der, non comme des hommes, mais
comme nos inférieurs : tel eft le
train de la vie ordinaire.

Dans celui de l'amitié, fi l'on
n'eft point à l'abri de quelques nua-
ges paffagers, on connoit du moins
rarement les orages terribles qui
font plus fréquens en amour ; mais
lorfque des foupçons violens s'éle-
vent dans le fein d'une ame tendre
contre un ami chéri, elle fent troubler tout fon être, l'amour propre
peut la forcer à garder le filence,
fur les griefs qu'elle a, ou croit avoir,
l'amitié les rompt bien-tôt, les explications fuccédent, & les répara-
tions font toujours en raifon de

l'offenſe que croit avoir fait l'ami qui s'eſtimoit lezé ; il ſe la groſſit, l'exagére , tandis que l'autre ami l'attenue & l'affoiblit ; leurs cœurs ſe parlent, leurs yeux ſe mouillent, la paix renait dans leurs embraſſe-mens.

Si l'on veut maintenant faire l'application de l'une de ces deux eſpéces , l'on ne ſera , je crois , pas embarraſſé ſur le choix. M. Rouſſeau n'avoit ni humeur ni bouderie. Il pouvoit avoir mal apprécié la conduite de M. Hume , mais très-certainement il ne pouvoit être ſans ſoupçons : la lettre que M. Hume reclame & qui lui donne un air ſi triomphant les confirme & le condamne : s'il l'avoit peſée , lue , il ne lui diroit pas d'un ton preſque punique :

» Vous n'avez pas fait attention

» que j'avois une lettre écrite de   Pag. 113.
» votre main qui ne peut abfolu-
» ment fe concilier avec votre récit
» & qui confirme le mien.

   » C'eft celle du 22 Mars qui eft   Pag. 114.
» pleine de cordialité & qui prouve   en Note.
» que M. Rouffeau ne m'avoit ja-
» mais laiffé entrevoir aucun de fes
» noirs foupçons de perfidie, fur
» lefquels il infifte à préfent, on
» voit feulement quelques reftes
» d'humeur fur la Chaife.

Si M. Hume avoit eu fous les
yeux cette lettre, comment auroit-
il pû concilier fans foupçons, cet
affemblage de gratitude fur fes fer-
vices, & d'inquiétudes fur fes fentimens ; où mettant, pour ainfi dire,
» fes actions d'un côté & fes inten-
» tions de l'autre, au lieu de parler
» des preuves d'amitié qu'il lui avoit
» données, M. Rouffeau le prie de

» l'aimer à caufe du bien qu'il lui
» a fait, & finit fa lettre, comme
» je l'ai rapporté, par lui dire : Je
» vous embraffe, mon cher Patron,
» avec le même cœur, que j'efpére
» & defire trouver en vous.

Toutes ces expreffions qui fe ren-
forcent mutuellement, n'appartien-
nent en aucune façon à l'humeur,
mais aux doutes les plus caractérifés.

Il ne feroit pas honnête de croire
que M. Hume les eût vus fans chercher
à les détruire par une explication dé-
cifive, il eft bien naturel de penfer
que s'il ne les a pas fentis, ce ne peut
être par défaut de jugement, mais
par diftraction. Jufques-là, on expli-
que, bien ou mal, la conduite de M.
Hume, il n'eft pas auffi aifé de le
faire lorfque M. Rouffeau dans fa
grande lettre, paffe du doute à l'accufation, & de celle-ci, à ce qu'il ap-

pelle la démonſtration , & finit par
dire :

» Abyme des deux côtés ! je pé-
» ris dans l'un ou dans l'autre. Je
» ſuis le plus malheureux des hu-
» mains ſi vous êtes coupable , j'en
» ſuis le plus vil ſi vous êtes inno-
» cent. Vous me faites deſirer d'être
» cet objet mépriſable. Oui , l'état
» où je me verrois proſterné , foulé
» ſous vos pieds , criant miſéricor-
» de , & faiſant tout pour l'obtenir ,
» publiant à haute voix mon indi-
» gnité , & rendant à vos vertus le
» plus éclatant hommage , feroit
» pour mon cœur un état d'épa-
» nouiſſement & de joie , après l'é-
» tat d'étouffement & de mort où
» vous l'avez mis. Il ne me reſte
» qu'un mot à vous dire. Si vous
» êtes coupable , ne m'écrivez plus ;
» cela feroit inutile , & ſûrement

D iv

» vous ne me tromperez pas. Si vous
» êtes innocent , daignez vous juf-
» tifier. Je connois mon devoir, je
» l'aime & l'aimerai toujours, quel-
» que rude qu'il puiſſe être. Il n'y a
» point d'abjection dont un cœur,
» qui n'eſt point né pour elle, ne
» puiſſe revenir. »

À tout cela point de réponſe de la part de M. Hume.

En finiſſant la pourſuite de ces lettres, je ne puis me refuſer d'obſerver que toutes celles de M. Rouſſeau partent de ſon ame diverſement affectée, & que celles de M. Hume ſortent, pour ainſi dire, toutes armées de ſa tête : dans celle du 19 Juin il lui demande d'envoyer ſon conſente-ment pour la penſion de la maniere la plus froide. Je ne dis pas ceci pour M. Hume , mais rien n'eſt ſi glacé, ſi repouſſant que les ſervices de la

Pag. 37.

plûpart des courtifans. Rien n'eft fi empreffé , fi ardent que les offres qu'ils en fçavent faire.

Dans la lettre du 26 , l'amour propre y joue un grand rôle , l'amitié lézée ne s'y fait prefque pas fentir.

Dans celle du 22 Juillet , qui   Pag. 44. doit fervir de réponfe à la Catilinaire de M. Rouffeau , c'eft bien autre chofe. On voit un homme toujours maître de lui , qui , négligeant le corps des accufations , en fecoue une feule branche fans l'arracher. Il rapporte enfuite une lettre de M. Walpole , pour prouver qu'il n'eut aucune part à celle qu'il publia fous le nom du Roi de Pruffe. Paffant enfuite à l'examen des motifs qui ont déterminé M. Rouffeau à lui faire une querelle , à éclater contre lui , car on fuppofe toujours que c'eſt lui , (& c'eſt la marote de Meſſieurs les Editeurs,) M. Hume diſcute , ſi c'eſt par mauvaiſe foi , & conclut puiſſamment, de l'avis de ſon ſage conſeil, c'eſt-à - dire de Meſſieurs les Editeurs, que c'eſt par un *mélange d'orgueil & de folie.* Quoiqu'il doute fort, que , dans aucune circonſtance de ſa vie, M. Rouſſeau ait joui plus entièrement qu'aujourd'hui de toute ſa raiſon , même dans les étranges lettres qu'il dit qu'il lui a écrites , où l'on trouve des traces bien marquées de ſon éloquence, & de ſon génie.

Pag. 122.

Un mélange d'orgueil & de folie ! Lui ! M. Rouſſeau! Eh ! *Meſſieurs , mes chers Meſſieurs!* La main ſur la conſcience. J'en appelle à vous. Car je ne veux pas faire remarquer au Public que vos dernieres

raiſons ſont des ſotiſes, des invecti-
ves groſſieres. Il vous diroit ſans
héſiter, ce que *Lucien* diſoit au
Souverain Dieu de la fable. *Jupiter*
tu te fâches, tu prends ta foudre,
tu as donc tort.

»M. Hume pour prouver qu'il
»n'en a pas eu d'écrire, ajoûte : M.
»Rouſſeau m'a dit ſouvent qu'il com-
»poſoit les Mémoires de ſa vie, &
»qu'il rendroit juſtice à lui - même,
»à ſes amis & à ſes ennemis. Com-
»me M. Davenport m'a marqué que
»depuis ſa retraite à Vootton il
»avoit été fort occupé à écrire, j'ai
»lieu de croire qu'il acheve cet ou-
»vrage. Rien au monde n'étoit plus
»inattendu pour moi que de paſſer
»ſi ſoudainement de la claſſe de ſes
»amis à celle de ſes ennemis ; mais
»cette révolution s'étant faite, je
»dois m'attendre à être traité en con-

»féquence. Si fes Mémoires paroif-
»fent après ma mort, perfonne ne
»pourra juftifier ma mémoire en
»faifant connoître la vérité : s'ils
»font publiés après la mort de l'Au-
»teur, ma juftification perdra, par
»cela même, une grande partie de
»fon autenticité. Cette réflexion m'a
»engagé à recueillir toutes les cir-
»conftances de cette aventure, à en
»faire un précis que je deftine à mes
»amis & dont je pourrai faire dans la
»fuite l'ufage qu'eux & moi nous
»jugerons convenable.

On pourroit, fans bleffer M. Hume, lui demander quelques preuves de tout ce qu'il dit. Mais paffons lui comme une vérité que M. Rouffeau travaille à faire des Mémoires fur fa vie.

J'ai prouvé en examinant l'aver-tiffement de Meffieurs les Editeurs

que c'étoit eux seuls ou les autres
amis de M. Hume qui avoient fait
bruyamment connoître ses démêlés;
si par hazard le motif de cet éclat
leur eût été inspiré par la crainte
des futurs Mémoires de M. Rousseau, auxquels on le prétend occupé, ils auroient sûrement senti
qu'il seroit ridicule de justifier
M. Hume sur une accusation à venir. Tout le temps qu'elle eût été
entre M. Rousseau & M. Hume,
elle n'existoit pas pour le public;
il falloit donc, pour la traduire à
son tribunal, nécessairement répandre la rupture de ces hommes
célébres, noircir M. Rousseau, attendre que le public se récriât contre des imputations sans preuves;
alors saisir, comme on dit, la balle
au bon, & faire imprimer l'écrit
ou Mémoire sur lequel j'ai fait des

obfervations. Ecrit foigneufement préparé , & deftiné à l'ufage que M. Hume ou fes amis trouveroient bon. On voit l'emploi que leur prudence rafinée leur en a fait faire fous le titre *d'expofé fuccint*, qui méritoit au moins l'épithéte de juftification convenablement préparée.

Je ne ferai point de réflexions fur un fait auffi énergique. Mais réfumant en peu de mots tout ce qui a été dit fur la querelle des deux fçavans , je rappellerai une vérité commune qui en montre la bafe. Les hommes ne font jamais du mal que lorfqu'ils ont intérêt & poffibilité de le faire. M. Rouffeau foupirant après un état tranquille qu'il alloit chercher en Angleterre , y arrivant fans habitude , ainfi que fans parti , n'avoit ni intérêt ni moyens pour at-

taquer M. Hume dont il ne connoiffoit ni la langue, ni les ennemis s'il
en a. Cependant il s'eft élevé un démêlé entre eux.

J'ai avancé, non fans raifon &
fans preuves, que M. Rouffeau avoit
des ennemis à Genève, à Paris, &
que M. Hume étoit le plaftron derriere lequel ils fe font *tapis* comme
des *braves*, j'ai établi que ces ennemis avoient pourfuivi M. Rouffeau
de Genève en Suiffe, que de concert ils l'avoient attaqué à Londres
par d'indignes libelles affez mal dé-
guifés ; il eft conftant que M. Hume
eft lié avec eux. J'ai prouvé que
fous le mafque de l'*incognito*, les
mêmes perfonnes ont publié les démêlés de M. Hume, que vraifembla-
blement ils avoient ourdis ; qu'ils
ont fait bruit de ces démêlés pour
avoir occafion de produire la juftification *pochée* du docte Breton dont

ils ont dirigé, arrangé les matériaux ; le motif qui les a fait agir, c'eſt la haine armée par l'envie (*). L'on a vû dans cet écrit hâtivement fait, leurs moyens & leur but, qui étoit de perdre M. Rouſſeau en cherchant à le couvrir tout à la fois des traits poignants du ridicule & de la noirceur de l'ingratitude. Trop de perſonnes auroient à rougir, ſi j'obſervois que rire d'une méchanceté lâchée ſur un homme ſouffrant & perſécuté, n'eſt pas d'une belle ame ; je croirois offenſer le Public, M. Rouſſeau, & me manquer à moi-même, ſi je cherchois à laver ce Philoſophe d'un vice qui n'eſt connu que des ames viles. Je ne dirai rien de plus à ſes ſcientifiques ennemis.

(*) On ſent bien que

Vix quæ tunc lacrymæ, cùm nil lacrimabile cernit. Ovid.

Je n'ignore pas qu'Ovide a dit *quia* au lieu de *cùm.*

F I N.

LETTRE

A L'AUTEUR

DE LA JUSTIFICATION

DE J. J. ROUSSEAU,

Dans la contestation qui lui est survenue avec M. Hume

Monsieur,

Cette Lettre n'est écrite que pour vous; & je ne l'aurois pas rendu publique, si j'avois eu un autre moyen de vous la faire parvenir. Mais je n'ai pû résister au désir de vous communiquer quelques

A

réflexions que j'ai faites, en lisant l'écrit trop peu volumineux, qui a pour titre, *Justification de Jean-Jacques Rousseau, dans la contestation qui lui est survenue avec M. Hume*, & je risque d'autant plus volontiers la voie de l'impression, qu'elle ne peut faire de tort qu'à moi.

Je n'ai pas assez d'esprit pour que votre amour - propre dût être satisfait, que j'applaudisse à votre style, Monsieur : ainsi je n'en parlerai point. Mais, j'ai le sens assez droit, & le cœur assez bon, pour que vous puissiez être flatté de l'admiration que j'ai conçue pour votre caractère ; & j'aime à la faire éclater. Il faut avoir bien du mérite pour entreprendre la défense d'un homme que de malheureuses

circonstances ont livré à la ma-
lignité de ses ennemis ; sur-
tout, quand la sévérité de sa
morale, l'austérité de ses
mœurs, & la supériorité de
son génie, lui en ont fait un
si grand nombre ; vous devez
donc être sûr de l'approbation
de tous les gens de bien. Mais,
permettez-moi de vous le dire,
vous auriez dû, ce me semble,
mettre votre nom à la tête de
votre ouvrage. Pourquoi garder l'Anonyme ? Cette réserve
peut être différemment inter-
prétée ; les partisans de Jean-
Jacques l'attribueront à la mo-
destie ; & ses antagonistes, à la
timidité : car, comment pour-
roient-ils concevoir qu'on eût
le courage de bien faire ? Vous
ne deviez pas vous exposer à
la diversité de ces jugemens.
D'ailleurs, si vous êtes connu,

votre réputation eſt bonne ; j'en ai pour garant l'honorable rôle dont vous vous êtes chargé : elle auroit donc ajoûté ſon propre poids à celui de vos raiſons. Si vous êtes ignoré, vous ne pouviez attendre du temps une occaſion plus favorable pour vous faire connoître ; en la ſaiſiſſant vous auriez partagé avec Jean Jacques l'eſtime que ſes plus cruels ennemis ne peuvent lui refuſer, & qui me paroit ſi bien prouvée par le dédain dont ils affectent de l'accabler. Peut-être auſſi, ne vous souciez-vous pas d'attirer, même à ce prix, les regards du public ; j'en ſerois d'autant moins ſurpriſe, qu'à la beauté de votre procédé, je ne vous crois pas homme de lettres. Mais, ſi vous l'êtes, Monſieur, de

grace nommez-vous ; & pour
que nous connoiſſions deux
hommes capables de ſuivre
cette carriere , ſans s'occuper
ni à détruire à force ouverte ,
ni à miner ſourdement , l'honneur & la tranquillité de leurs
concurrens ; & pour adoucir
l'amertume dont Jean-Jacques
doit être pénétré , en voyant
une profeſſion qu'il honore ,
ſi généralement deshonorée .
Car ne vous y trompez-pas ;
votre ouvrage eſt déja arrivé
juſqu'à lui , ou y arrivera ,
malgré *l'épaiſſeur des filets dont
il eſt environné* : l'amitié , ou
la haine , lui procurent tous
les écrits dont il eſt le ſujet.

Vous dites, Monſieur, que
l'expoſé de la conteſtation de
Jean-Jacques avec M. Hume
a jetté les amis du premier
dans un ſi ſingulier abatte-

ment ; qu'ils n'osent prendre son parti. Ceux qui vous entourent, ont très bien fait de se taire ; puisque leur silence vous a fait parler. Je conçois cependant qu'un cœur tel que le vôtre s'annonce, a dû en être tristement affecté. Pour moi, placée, à cet égard, plus avantageusement que vous, je connois plusieurs personnes, dont la probité rend les opinions précieuses ; qui pensent & disent, que la justification de Jean - Jacques est moins encore dans sa Lettre du 10 Juillet 1766, que dans l'apologie de M. Hume ; & qui ne peuvent se défendre de suspecter les lumières, ou les intentions *des têtes sages* qui lui ont conseillé de mettre au jour les pièces de son procès ; tant elles trouvent cette démarche ridicule. Quant à vous, Monsieur, vous justifiez la conduite de Jean Jacques, & vous blâmez celle de M. Hume, avec une modération, qui prouve bien que le seul intérêt de la vérité vous anime. Vous ne décidez pas que M. Hume soit coupable de trahison : mais vous affirmez que Jean-Jacques est innocent de l'ingratitude qu'on lui impute. Vous ne pouviez le servir plus à son gré, qu'en ménageant son adversaire. Il y a encore dans votre écrit, une chose dont Jean-Jacques sera bien flatté ; c'est le choix des éloges que vous lui donnez ; ils portent tous, sur la beauté, la générosité, la délicatesse, la sensibilité de son ame, l'honnêteté, la franchise, la candeur de son caractère ; & voila, j'en réponds, ce qu'il prife le plus en lui. Mais, pourquoi ces qualités lui font-elles conteftées ? Sont-ce bien elles qui lui font des jaloux ? Non, mais fes talens font trop inconteftables ; il faut bien l'attaquer du côté du cœur, qui a toujours bien moins d'occafions que l'efprit de paroître.

Je fuis fàchée, Monfieur, que le louable empreffement de rendre hommage à la vertu méconnue, vous ait empêché d'étendre plus loin vos obfer-vations. Vous auriez dit que l'accufation dont Jean-Jacques charge M. D... quoiqu'elle foit injufte, doit paroître bien ex-cufable.

1°. Jean-Jacques a cru re-connoître le ftyle de ce célé-bre Ecrivain, dans la Lettre qu'on ofa produire fous le nom du Roi de Pruffe ; & il faut convenir que, pour un homme tel que Jean Jacques, cette préfomption a la force d'une preuve. Or cette raifon de croire que M. D.... étoit l'Auteur de cette Lettre, n'étoit balancée par aucune raifon d'en douter, à moins qu'elle ne fût prife dans le caractère de M. D.... chofe très problématique pour le public, qui ne le connoit que par fes ouvrages ; puifqu'on fe croit en droit de diffamer Jean - Jacques, malgré les fiens. C'eft donc un point du procès fur lequel tous ceux qui ne vivent pas intimement avec M. D.... doivent juger Jean-Jacques avec la plus grande circonfpection.

A v

2°. Cette accufation a précédé la déclaration que M. D.... adreffe aux éditeurs de l'*Expofé fuccint*, &c. , puifque c'eft elle qui paroît y donner lieu. D'ailleurs, bien que cette déclaration foit fans date , elle ne doit avoir été faite qu'après que le foupçon de Jean-Jacques a été divulgué par M. Hume : il n'étoit pas naturel que M. D.... allât au devant.

3°. L'Auteur de la traduction françoife de l'impertinente lettre de M. Walpole s'obftine à fe cacher ; & ce n'eft certainement pas dans l'original Anglois que Jean-Jacques a cru connoître la plume de M. D...

4°. Enfin, il étoit tout fimple que Jean-Jacques imaginât que M. Walpole & M. D....

(11)

étoient devenus amis, l'étant
tous deux de M. Hume. Et
fi M. D.... n'affirmoit pas qu'il
ne connoit *nullement* M. Walpole, on auroit peine à croire
que M. Hume ait négligé de
procurer à fon Compatriote la
connoiffance & l'amitié d'un
homme d'un auffi grand mérite que M. D.... Peut-être
auffi que ce Philofophe, ne
fachant pas le prix de ce qu'il
refufoit, ne fe fera pas prêté
comme il le devoit aux avances
qui lui auront été faites. En
vérité, Monfieur, *je le plains
fincèrement*, de n'être pas lié
avec M. Walpole. L'honnête,
le conféquent M. Walpole,
qui s'amufe innocemment à
traduire en ridicule aux yeux
de l'univers, un homme *qu'il
n'a jamais vu, qu'il ne veut
pas voir*, (de peur fans doute
A vj

de perdre l'envie de le traiter
de charlatan) & qu'il ne connoit que par l'éclat de sa cé-
lébrité, le bruit des disgraces
qu'il éprouve, & le titre d'ami
de son ami M. Hume !

Le bienfaisant M. Walpole,
qui sachant combien sa nation
est facile à indisposer, lui peint
ce même homme *qu'il ne
connoit pas*, comme un or-
gueilleux forcené qui préfére
les horreurs de l'indigence à
l'humiliation d'être secouru
par un Roi : ou comme un
fourbe qui n'ayant réellement
pas besoin de secours, affiche
la pauvreté pour intéresser la
commisération des Princes,
exciter leur libéralité, & se
ménager l'honneur des refus ;
& cela, dans le moment où
M. Walpole sait bien, que
les plus critiques circonstan-

ces forcent cet homme à chercher un aſyle en Angleterre,
ſous les auſpices de ſon ami
M. Hume !

L'intrépide M. Walpole,
qui bien ſûr que, quoi qu'il
faſſe, les remords n'approche-
ront jamais de ſon cœur,
brave, avec la plus généreuſe
audace, l'opinion que le public prendra de ſa conduite
envers un infortuné *qu'il ne
connoit pas*, que tous les honnêtes gens révèrent & qui a
été recherché de ſon ami M.
Hume !

Enfin l'équitable M. Wal-
pole, qui ſe vante d'avoir pour
Jean-Jacques *le plus profond
mépris, quoiqu'il ne le connoiſſe
point*, & ſans ſçavoir pourquoi !
Car il n'eſt pas préſumable qu'il
mépriſe profondément Jean-
Jacques, parce que celui-ci

a trouvé sa plaisanterie mauvaise, & s'est formalisé de la foiblesse de son ami M. Hume.

Il seroit original que le clairvoyant M. Walpole eût puisé dans les ouvrages de Jean-Jacques *le profond mépris* qu'il a pour sa personne, & qu'en en indiquant la source à toute l'Europe, qui jusqu'à présent ne l'a pas vue, il sauvât Jean-Jacques du reproche d'hypocrisie, dont M. Hume & ses adhérans s'efforcent de le noircir.

Vous auriez dit, Monsieur, que M. Hume ne raisonne pas avec toute la justesse qu'on attend de lui, quand il met en question page 11 de son Exposé, *si l'orgueil extrême de Jean-Jacques est un défaut*; qu'il établit qu'en admettant l'affirmative pour laquelle il paroît ne pas pancher , ce feroît un défaut refpectable ; & qu'il dit 8 lignes plus bas , *qu'un noble orgueil , quoique porté à l'excès , mériteroit de l'indulgence dans Jean-Jacques Rouffeau.* Donc , felon M. Hume , la même qualité , chez le même homme & dans les mêmes circonftances , peut être à la fois l'objet de l'indulgence & du refpect. C'eft dommage que cet endroit péche contre la Logique : car il me femble être , à d'autres égards , le mieux frappé de tout l'Expofé.

Vous auriez dit, Monfieur , qu'il n'y a point d'ame délicate qui ne foit bleffée de l'oftentation avec laquelle M. Hume étale les prodigieux efforts qu'il a inutilement faits

pour servir Jean-Jacques jusqu'au moment où il engagea
M. le Général Conway à demander pour lui une pension
au Roi : (succès que le caractère de ce Ministre a dû
rendre bien facile) ; & qu'aussi-
tôt que le sentiment fait place
à la réflexion, on se demande
à quoi servent donc, en Angleterre, le crédit, la réputation, la fortune même,
puisque tout cela joint, chez
M. Hume, à la plus forte
passion d'obliger Jean-Jacques,
n'a rien produit pour celui ci,
& n'a valu à M. Hume
même, que le prétexte de
prendre un titre dont sa vanité s'alimente.

Vous auriez dit, Monsieur,
que le choix des articles de
la Lettre de Jean - Jacques
auxquels M. Hume répond,

eſt un argument victorieux en faveur de Jean-Jacques. De plus ; que les affirmations de Jean-Jacques ne méritent en elles - mêmes pas moins de confiance, que les négations de M. Hume, & qu'elles en méritent davantage, en ce que c'eſt vis-à-vis de M. Hume, que Jean - Jacques affirme, & que c'eſt vis-à-vis du public que M. Hume nie.

Vous auriez ajoûté, Monſieur, à ce que vous dites ſur la façon dont ſe termine la fameuſe Lettre du 10 Juillet, qu'il faut que la crainte de faire une injuſtice ait un empire bien abſolu ſur l'ame de Jean-Jacques, pour qu'il lui reſtât encore *des doutes de la trahiſon de M. Hume.* En effet, lorſque queſtionné par M. Hume ſur le compte de

dans les mains de tout le
monde, ne font pas attention
qu'elle n'étoit pas faite pour y
paffer; que ce n'eft point Jean-
Jacques qui l'a rendu publique; qu'il ne pouvoit pas croire, ne regardant M. Hume feulement que comme un homme
fenfé, qu'elle le devînt jamais;
& qu'il eft fort différent de fe
plaindre à un homme des fu-
jets de mécontentement qu'on
a reçus de lui & de fes amis,
ou de mettre l'univers dans
la confidence de fa façon de
penfer fur le compte de cet
homme & de ceux qui tien-
nent à lui; & qu'ainfi Jean-
Jacques a pû dire tout ce
qu'il a dit à M. Hume, fans
déroger à l'horreur qu'il a
toujours eue pour les per-
fonnalités.

Vous auriez dit, Monfieur,

que c'eſt M. Hume, en divul-
guant le ſoupçon de Jean-
Jacques, & non pas Jean-
Jacques, en le lui communi-
quant, qui force M. D.... à
paroitre lié avec les éditeurs
de M. Hume. Déſagrément
qui doit être bien ſenſible à
un homme auſſi ſcrupuleuſe-
ment délicat, droit & honnête
que M. D.... Quelles gens ce
ſont, Monſieur, que ces éditeurs ! Le Ciel nous préſerve
qu'ils s'aviſent de ſe faire
Auteurs.

Enfin, Monſieur, vous
auriez dit, que la ſeule choſe
répréhenſible dans la Lettre
de Jean-Jacques, eſt la confiance avec laquelle il avance
que M. de Voltaire lui a écrit
une Lettre *dont le noble objet
eſt de lui attirer le mépris &
la haine de ceux chez qui il*

M. D.... Jean-Jacques lui dit
que ce savant étoit un homme
adroit & rusé, M. Hume *le
contredit*, & fit bien, *avec une
chaleur dont il s'étonna ; parce
qu'il ne savoit pas alors qu'ils
fussent si bien ensemble.* Leur
intelligence s'est découverte,
Jean-Jacques a donc la preuve
que M. Hume sait défendre
ses amis fort bien. Sans parler
des inexplicables infidélités
dont Jean-Jacques se plaint
relativement à ses correspon-
dances ; de l'air de protection
que M. Hume prend avec lui ;
du peu d'égards qu'il lui marque, dans un moment où il
lui en devoit tant, *puisqu'il
lui rendoit de bons offices en
matière d'intérêt ;* & qu'il étoit
naturel que ses Compatriotes
montassent leur ton sur le sien ;
il souffre que les gens de

Lettres fur qui il a une influence dont il feroit bien fâché qu'on doutât, déchirent Jean-Jacques dans les papiers publics ; il ne prend point à injure les outrages qu'on lui fait ; on calomnie Jean-Jacques , M. Hume *ne contredit perfonne* ; il refte étroitement uni avec tous les ennemis de fon ami ; cependant, il s'employe ouvertement pour lui , le produit, le flatte , le careffe...... J'ai bien pû préparer la conclufion ; mais , je ne faurois la prononcer : elle eft trop dure.

Vous auriez dit, Monfieur, que les gens qui cenfurent aigrement quelques épithétes choquantes, que Jean-Jacques s'eft permifes dans fa Lettre du 10 Juillet, préoccupés de ce que cette Lettre fe trouve dans les mains de tout le monde, ne font pas attention qu'elle n'étoit pas faite pour y paſſer ; que ce n'eſt point Jean-Jacques qui l'a rendu publique ; qu'il ne pouvoit pas croire, ne regardant M. Hume ſeulement que comme un homme ſenſé, qu'elle le devînt jamais ; & qu'il eſt fort différent de ſe plaindre à un homme des ſujets de mécontentement qu'on a reçus de lui & de ſes amis, ou de mettre l'univers dans la confidence de ſa façon de penſer ſur le compte de cet homme & de ceux qui tiennent à lui ; & qu'ainſi Jean-Jacques a pû dire tout ce qu'il a dit à M. Hume, ſans déroger à l'horreur qu'il a toujours eue pour les perſonnalités.

Vous auriez dit, Monſieur,

que c'eſt M. Hume, en divul-
guant le ſoupçon de Jean-
Jacques, & non pas Jean-
Jacques, en le lui communi-
quant, qui force M. D.... à
paroitre lié avec les éditeurs
de M. Hume. Déſagrément
qui doit être bien ſenſible à
un homme auſſi ſcrupuleuſe-
ment délicat, droit & honnête
que M. D.... Quelles gens ce
ſont, Monſieur, que ces éditeurs ! Le Ciel nous préſerve
qu'ils s'aviſent de ſe faire
Auteurs.

Enfin, Monſieur, vous
auriez dit, que la ſeule choſe
répréhenſible dans la Lettre
de Jean-Jacques, eſt la confiance avec laquelle il avance
que M. de Voltaire lui a écrit
une Lettre *dont le noble objet
eſt de lui attirer le mépris &
la haine de ceux chez qui il*

s'est réfugié. Je ne conçois pas comment Jean-Jacques a pû attribuer à M. de Voltaire cet infâme libelle intitulé : *Le Docteur Jean-Jacques Pansophe , ou Lettre de M. de Voltaire ;* & j'avoue que j'aurois peine à lui pardonner cette méprise, s'il ne l'avoit faite dans un tems où l'oppression de son cœur devoit gêner la liberté de son esprit. Quoi ! parce que M. de Voltaire fait quelquefois des méchancetés, en faut-il inférer qu'il fasse toutes celles que des méchans subalternes donnent pour être de lui ? Ce genre est si facile, & la prose de M. de Voltaire est si aisée à imiter ! Cette opinion est injuste : elle est même dangereuse : car elle peut encourager les Auteurs encore plus vils qu'obscurs, qui fe plaifent à dégrader aux yeux du public, deux hommes fameux, l'un par fon efprit & fes profpérités, l'autre par fon génie & fes malheurs, qui partagent, quoiqu'inégalement, fes fuffrages. Pour moi, je penfe avoir de très - bonnes raifons pour croire que M. de Voltaire n'eft point l'Auteur de la Lettre intitulée : *Le Docteur Jean Jacques Panfophe.*

1°. Elle a paru fous fon nom.

2°. On y reléve de prétendues contradictions de Jean-Jacques. M. de Voltaire relever des contradictions ! Ah ! Monfieur, peut-on le croire, fans s'écarer de l'opinion, fans doute appuyée fur des faits, qu'on a généralement de fa prudence ?

3°. On y accuse Jean-Jacques des vices les plus atroces ; & on l'en plaisante, comme on pourroit plaisanter M. de Voltaire d'une erreur d'histoire, de Chronologie, de Géographie, &c., &c. En pareil cas le ton léger n'est pas celui de l'amour de la vertu : & M. de Voltaire veut qu'on croye qu'il aime la vertu.

4°. Cette Lettre contient quelques platitudes & des écarts d'imagination que M. de Voltaire pourroit se permettre au milieu de ses protégés ; mais qu'il se garderoit bien de donner sous son nom au public : car puisque M. de Voltaire écrit encore, il veut encore être admiré.

5°. On a inséré dans cette Lettre quelques phrases qui se trouvent dans les ouvrages

de

de Jean Jacques ; & que tout
le monde reconnoît à force
de les avoir lus. Mais elles
font fi bêtement, ou fi indigne-
ment défigurées , qu'elles ne
peuvent avoir été mifes dans
cet état que par quelqu'un
dont la tête eft aliénée , ou
dont le cœur eft corrompu.
En vérité , cela reffemble bien
à M. de Voltaire, lui dont la
jufteffe de l'efprit & la droi-
ture de l'ame font les attri-
buts diftinctifs ! Et puis , fi M.
de Voltaire pouvoit être foup-
çonné d'animofité contre Jean-
Jacques, le moyen d'imaginer
qu'il fût affez gauche pour
prouver, en altérant ceux de
fes paffages qu'il cite , qu'il
eft lui-même convaincu qu'on
ne peut nuire à cet Auteur,
en le citant fidèlement ? Ah !

B

Jean-Jacques, pour avoir tant étudié les hommes, vous connoissez bien peu l'homme dont il est question.

6°. Je sais bien que M. de Voltaire, dont la grande ame ne s'occupe que de l'intérêt général, s'embarrasse peu de faire pleurer celui à qui il parle, pourvu qu'il fasse rire ceux qui l'écoutent. Mais quand il veut faire rire aux dépens de quelqu'un, il s'attache à en saisir les ridicules, plutôt qu'à lui en supposer : son ironie est fine, & ses tournures ingénieuses. Or tout le persifflage de la Lettre dont il s'agit porte à faux; & n'a ni sel, ni variété.

7°. Enfin l'Auteur de cette Lettre dit à Jean-Jacques, que *ses livres ne meritoient pas de faire tant de scandale & tant de bruit.* C'est comme s'il disoit que les Puissances Ecclésiastiques & Séculieres, qui se sont allarmées des *livres* de Jean - Jacques, n'ont pas le sens commun ; que le public, sur qui les *livres* de Jean-Jacques on fait tant de sensation, n'a pas le sens commun ; que le Roi de Prusse , qui ne connoit Jean-Jacques que par ses *livres* , & qui l'a ouvertement honoré de la plus spéciale protection , non - seulement à titre d'infortuné , mais à titre d'homme de mérite , n'a pas le sens commun. Eh ! Monsieur, sans compter ce que M. de Voltaire doit de reconnoissance aux Puissances Ecclésiastiques , & Séculières, au Public & au Roi de

Pruſſe ; comment M. de Voltaire, qui a tant de jugement, auroit - il fait une telle bévue ?

Ces raiſons me ſuffiſent pour croire que M. de Voltaire n'a point fait *le Docteur Jean - Jacques Panſophe*, ni même la Lettre (adreſſée à M. Hume) qui le précède dans une brochure qui vient de paroître, malgré le déſaveu que cette Lettre contient. Un déſaveu ! C'eſt pourtant bien là le cachet de M. de Voltaire......... N'importe ; ces Lettres ne ſont pas de lui : elles n'en peuvent pas être. Sans doute elles viennent de la même ſource qu'un autre libelle intitulé *Confeſſion de M. de Voltaire*, qui parut il y a quelques années, auſſi ſous ſon nom. Vous ne la connoiſſez peut-être pas, Monſieur, cette *Confeſſion*.

C'est une Pièce de vers, mal faite, & de mauvais goût, mais pleine de choses si fortes, que M. de Voltaire ne pourroit les avouer, quand elles feroient vraies, (ce qu'il faut bien se garder de croire,) qu'aux pieds d'un Capucin, dans quelque violent accès de Colique, qui rendroit sa profession de foi plus étendue que celle qu'on lui fait faire dans *le Docteur Jean-Jacques Panfophe.*

En vérité, Monsieur, il est bien malheureux que les Loix ne séviffent pas contre ces Monstres de méchanceté & de baffeffe, qui, à la faveur des noms les plus impofans, exhalent le poifon qui furabonde dans leur ame. La fociété du moins, auffitôt qu'elle les connoit, devroit en faire juftice, en les écrasant de tout le poids de son mépris. Car à mon avis, qui —n'est honnête homme qu'aux termes de la Loi, ne peut prétendre qu'au respect du bourreau.

Si je n'étois pas femme, je prendrois pour moi-même le conseil, que j'ai osé vous donner, Monsieur ; je me nommerois. Mais ce seroit me faire trop remarquer, que de me déclarer hautement pour un homme qui, dit-on, outrage mon sexe. Quoique je ne veuille point choquer ce sentiment, je suis bien éloignée de l'adopter ; je pense au contraire qu'il n'y a point d'Auteur qui nous traite aussi favorablement que Jean-Jacques, puisqu'en exigeant de nous une plus grande perfection, il

prouve qu'il nous en croit fuf-
ceptibles; & je trouve qu'il
nous rend exactement juſtice,
en diſant de nous beaucoup
de bien, & un peu de mal.

F I N.